Anthony Seguineau

I0664703

Mon coeur battant

Éditions Dédicaces

MON COEUR BATTANT,
par ANTHONY SEGUINEAU

ÉDITIONS DÉDICACES INC.
675, rue Frédéric Chopin
Montréal (Québec) H1L 6S9
Canada

www.dedicaces.ca | www.dedicaces.info
Courriel : info@dedicaces.ca

Anthony Seguineau

Mon coeur battant

Je suis une somme d'influences,
Qui va et vient,
Bercée par la différence

Chapitre 1
Montpellier

Il ne faut rien attendre des gens, c'est le meilleur moyen de se perdre. Sur cette bonne résolution, j'entreprends de faire une marche, non pas que l'air de la ville soit attrayant, mais plutôt que l'air de mon appart' devient trop lourd. Des vacances, trop de temps et du coup, je ne fais rien. Ça y est ! Je suis enfin au coin de ma rue. Cette avenue Clemenceau a pour couleurs celles des passants. Une clope plus tard, je traverse la place de la Comédie pour arriver à ce petit bout de verdure appelé « parc ». La pelouse me semble propre et j'aperçois un arbre de bonne prestance. Les chiens l'ont aimé autant que moi, je me résous donc à m'asseoir sur un banc. Deux femmes sont assises en face. Elles parlent de leur boulot respectif. Devant un petit abri communal, des enfants jouent au ballon, les parents suivant du regard. Des bistrots hébergent des habitués, étudiants, touristes et autres types de consommateurs. Je décide de me rouler une clope pour avoir l'air occupé.

SMS : Salut Logan, j'organise une fête chez moi, ça te dit ? Caro

Bon, me voilà « surbooké ». Je jette ma clope, l'écrase en me levant, dernier coup d'œil à droite puis à gauche, mains dans la poche ventrale.

— Putain, ces gens m'ennuient ! Je rentre.

De retour chez moi, je bosse un peu avant de passer chez Mathieu pour aller à la soirée. J'ouvre donc « Critique de la raison pure ». Les philosophes, pour moi, sont des personnes appartenant à l'histoire, car ils ont tellement pensé qu'ils créent de nouvelles sphères éclairées par leur conscience. Leurs argumentations sont indémontables et beaucoup de philosophes pensent le contraire sur des sujets très simples. Le lecteur, perturbé par autant de lucidité, se perd dans ses découvertes et se laisse emporter. Si bien qu'après, on peut être en accord avec soi-même tout en étant d'accord avec deux hypothèses opposées. Ah ! Le miracle de la pensée…

***

Le temps s'est assombri. J'arrive enfin chez Mathieu, vingt minutes à marche forcée pour éviter la pluie. Mat' m'ouvre la porte. Je me dirige directement vers la partie salon de son studio. Deux sièges tournés vers une table basse supportant une minichaîne le composent. Une tenture aux motifs géométriques est suspendue, un porte encens et quelques boîtes forment la décoration de ce petit espace tout à fait confortable. Ce fauteuil donne sur une petite porte-fenêtre, le balcon se résumant à un espace de cinquante centimètres carrés. Il permet juste de respirer un air que le feu rouge à quelques mètres de là s'occupe d'alourdir en particules diverses à chaque fois qu'il arrête les voitures. Mat' arrive enfin avec deux bières. On ne se parle pas encore. Il s'installe sur sa table pour rouler un peu d'herbe. Après la troisième latte, des vagues balayent mon esprit. La dernière fumée sortant de mes narines forme un voile qui reflète la lumière du néon. Mince ! La nuit tombante laisse la lumière verte du feu passer au travers des vitres et former de petits traits qui se déplacent comme des serpentins. Je me sens enfin détendu. Le repas est rapide et nous trouvons la force de partir.

Caro sourit comme à son habitude. Je remarque son regard, des yeux noisette scrutateurs. Les odeurs dans l'appartement sont douces et diverses, un plat mijoté aux épices, de l'encens et des teintes plus fortes d'herbe locale. Certains invités ne sont pas étudiants et expliquent leurs activités professionnelles. En ce qui me concerne, même si la philosophie paraît dans des journaux ou autres magazines, les décisions de création d'emplois sont rares. Le temps passe et mon esprit refuse de s'accrocher à cet instant. Les discussions s'enchaînent sans vraiment me perturber. Je décide de finir ma clope à la fenêtre au côté de Vivien qui a toujours deux ou trois histoires à raconter, puis me résous à partir en prenant le soin de remercier mon hôte. Caro me remercie à son tour de ma venue. Nous échangeons quelques phrases.

Rien ne se passe, tout commence ! Sur cette bonne résolution, je marche et traverse une fois encore cette ville toujours animée. Durant le trajet, les autres passants apparaissent en fond mouvant. Certains se projettent dans leurs esprits et ruminent leur vie, certains restent imperturbables dans un présent qui ne consiste qu'à marcher droit devant, et d'autres sont là, à l'affût de tout regard vers eux, certainement surpris de passer inaperçu. Je vais désormais travailler une semaine complète jusqu'aux partiels.

***

Après une séance de six heures d'études avec Hervé, je sors de la bibliothèque avec un bon mal de crâne. Le courrier reçu hier étant ancré dans mon esprit. Mon père vient de découvrir le sens du mot crise, son exploitation est en cours de liquidation. Ce chômage qui touche des millions de Français s'étend chaque jour telle une allergie sociétale. Pas de bourse, plus d'argent, je dois me résigner à rencontrer l'assistante sociale. Le rendez-vous pris, je pars à la mission locale pour établir un C.V., indispensable, alors que je n'ai rien à écrire dessus. On verra, ne baissons pas les bras…

***

Le rendez-vous prit la semaine dernière au Service social étudiant arrive enfin. Une vieille chaise en bois se trouve là, au travers de ce couloir sans vie. Je décide de m'asseoir

7

quand la porte s'ouvre. Une femme d'une quarantaine d'années se dresse devant moi, me tendant une main sans vigueur. Il est difficile pour moi d'expliquer mes problèmes, que si personne ne m'aide les études sont terminées. L'assistante sociale reste de marbre avec une posture figée et un léger sourire persistant en guise d'amabilité. Je réponds à ses questions en essayant de rester calme. La conclusion de cet entretien est une date de commission d'attribution d'aides. De plus, elle ne peut pas m'affirmer que j'aurai droit aux bourses sur critères sociaux, car le budget est clôturé ce jour. La décision sera prise courant janvier pour l'attribution au second semestre. Enfin, n'étant pas présent en cité U, le loyer ne peut pas être pris en charge pour un logement privé. Je rebondis en disant que je suis prêt à déménager. Son regard compatissant n'amena pas de nouvelles questions, je comprends donc qu'il n'y a pas de chambre libre. Bref, cette hypothétique aide sera dans deux mois au mieux et il faut que je paye mon loyer. Je dois cependant tenir jusque-là, il le faut ! J'apporte donc mon nouveau C.V. à la restauration rapide la plus proche de chez-moi, les joies du capitalisme et de ses entreprises florissantes de mal bouffe.

***

Malgré une période difficile, je suis heureux, car nous allons tous au « Peyrou » ce soir.

Je suis enfin en route avec Gabriel et Vivien. Cette place rassemble nombres de diversités festives. Des zonards aux étudiants ou autres touristes et artistes itinérants, les rassemblements sont nombreux et toujours enrichissants. Ils permettent de voyager sur place. Le bonheur simple accompagne cette marche vers le tramway. Il y a plusieurs arrêts de prévus pour chercher, un à un, les autres membres du groupe. Gabriel est grand et mince avec un bouc volontairement long et des rouflaquettes. Il porte un béret écossais qu'il se propose toujours de me rendre vu mes origines. Vivien dévoile des dreads derrière son foulard qui lui sert à attacher ses cheveux. Je comprends le regard des passants d'une autre époque. Ils doivent avoir du mal à comprendre ces besoins exacerbés d'identification. Je me rapproche de mes amis pour leur proposer les canettes de bière que j'ai dans mon sac. Je retrouve ma place en clôture de marche. Vivien me tend le joint.

Une heure après notre départ, nous arrivons au complet à destination. Quel spectacle magnifique ! Déjà bon nombre de personnes se trouvent ici. Parmi les divers groupes, j'en aperçois un sur des bancs avec percus et guitares. D'autres, éloignés, dansent sous les lumières du spectacle de feu. Un autre groupe assez important fait un sit-in en arc de cercle et finalement une dizaine d'individus se promènent de-ci de-là. Je m'approche du groupe le plus proche, glisse mon sac sur le ventre et tends une bière à un mec avec une barbe bien rousse qui laisse entrevoir un piercing en pointe sous ses lèvres lorsqu'il me sourit en retour. Nous parlons. Il m'explique sa vie sur Rennes, les soirées de la place Saint Anne, le « techos » des « trans » qu'il a connu. J'élargis la discussion vers sa voisine, puis l'autre voisin s'y intègre si bien qu'au bout d'une heure, nous avions le sentiment de bien nous connaître. En tout cas, je les connais mieux que tous mes voisins d'immeuble dans lequel je suis depuis plus de deux ans. Ils finissent par me parler de leur départ pour Tarragone. Ils ont un pied-à-terre et ils me demandent si je suis disponible ou alors quand, en me donnant l'adresse sur un petit bout de carton du pack. En me retournant, je constate que la population a fortement augmenté et qu'il va devenir difficile de les retrouver. Je quitte mes nouveaux compagnons et reste un instant à regarder le spectacle de feu. Soudain Gabriel réapparaît et me dit à l'oreille :

— Il y a un groupe là-bas qui est de Toulouse et j'ai fait du son avec le cousin d'un de ces gars ! Ils ont un plan pour après !

Je le suis. Un ancien se situe au centre de ce groupe. On devine ses cinquante ans passés. Il s'appelle Henri et parle fort. Sa voix est cassée par le temps ou les divers excès. Il me propose machinalement un verre de son cubi de rosé lorsqu'il voit que je l'observe. J'accepte par politesse. Il me demande si je suis, moi aussi, étudiant puis dans quel domaine. La philosophie l'inspire et il part dans un monologue intense parfois intéressant, mais sans aucune structure et avec quelques blancs. À l'arrivée d'une nouvelle venue, je constate ses regards appuyés vers moi. Lorsque la discussion change, je me lève, m'approche d'elle pour me présenter. Elle s'appelle Mimi. Dans un premier temps, je garde une petite distance causée par la proximité de tous ses amis, puis dans le second me décide à lui demander si elle est accompagnée ce soir. Son sourire se lit sur ses lèvres lorsqu'elle me répond que non. Je me lance en lui saisissant la main, elle se rapproche et nous nous embrassons. Le groupe, sous la motivation d'Henri, décide de bouger. Nous voici donc, bras dessus, bras dessous, à continuer la soirée. Ses petites lèvres pincées par son sourire de côté, ses yeux verts sous son chapeau de cow-boy hors contexte me plaisent.

**

Suite à mes recherches, j'ai obtenu le job d'employé polyvalent. Je préparerai des hamburgers. Avec ce rythme soutenu, je n'ai pas eu le temps d'organiser les fêtes de fin d'année. La communication avec ma famille est en suspens. Voici venu la période des vacances. Tout le monde brille d'un soleil radieux. Je ressens la légèreté de la vie étudiante qui s'approprie aisément ce ciel bleu hivernal et une certaine douceur pour la saison. Je vois Clément, de ma promo, assis contre un arbre. Il ne bouge pas. En m'approchant, je m'aperçois qu'il dort, son chapeau melon ayant du mal à recouvrir sa tête. Je me demande un instant quels excès il a de nouveau pu commettre la veille. Son sac, posé négligemment à un mètre de lui, expose une collection de capsules de bière de tous horizons. Je me pose à côté, le parc du campus se vide au fur et à mesure des discussions captées. Tous ces gens que je ne connaîtrai jamais mettent l'accent sur la superficialité sociale d'un monde fracturé. Notre seul point commun consiste à être tous unis par le même contenant. Nos ancêtres ont signé pour nous ce contrat social.

L'ennui arrive,
L'ennemi du temps,
Moi sur ta rive,
Arbre vieillissant

Mon calepin fatigue. Tant de mots griffonnés s'y perdent. Donner naissance à un texte est une joie suivie d'une peine. En effet, l'instant ressenti, du mieux traduit, s'en ira au fil du temps et finira par devenir pour moi-même étranger. Tout à coup, je me sens mal ! Je vois tous ces sourires partir et le mien qui ne veut plus revenir. Comment faire ? Il faut passer à autre chose, trouver l'activité qui s'impose. Heureusement, j'ai mon protocole. Tout d'abord sortir le smartphone, mettre du son via le casque Bluetooth avec programmation aléatoire car sans envies précises. Je me lève, regarde une dernière fois Clément, mets ma capuche et pars. Le portail vieillissant de la fac laissant entrevoir sa couleur verte d'antan, grince des caprices du vent. Je me pose sur le rebord du muret qui l'accompagne et me roule une clope. Je me sens lourd. La solitude de ces derniers jours n'est qu'un aspect vide. Elle l'est surtout dans le sens de son espace immense. Peut-être que ce sentiment de solitude n'est qu'une banale prise de conscience ? Bref, il est temps que je bouge…

***

La soirée de boulot finie, je rentre et arrive dans l'avenue Clemenceau. Des lampadaires éclairent chaque côté de la rue, des bâtiments assombris par le temps se dressent. Des gouttes fines tombent. Je commence à ruminer et m'envole dans l'antichambre, ma vie est au point mort, plus d'argent et bien peu d'envies. Une seule question persiste, comment donner un sens à ma vie, trouver l'utilité de ce que je suis ? J'entre dans mon studio, ferme la porte, lance mon portefeuille sur ma petite table de cuisine. Je m'enfonce sur mon clic-clac, allume une clope et par la même occasion, l'ordinateur pour y mettre la télévision. Sophie Daprès présente une émission pleine de bonnes et saines intentions. La première invitée se plaint de sa petite poitrine, elle se trouve laide et pense qu'aucune de ses réflexions ne puissent attirer un homme…

La soirée ne pouvant plus être pire, je finis par appeler ma mère. Le réveillon familial se fera sans moi. Je travaille ce soir-là. Le manager me met la pression, car je suis le seul à être complètement dépendant de ce job.

***

Après avoir pris un dernier café, je prends conscience de mon intérêt pour Caro. Nous nous rencontrons plus souvent depuis la dernière soirée chez elle. Les échanges deviennent plus intimes. Un sentiment de compréhension mutuelle accompagne nos conversations et permet des approfondissements. Caroline est une femme que j'ai d'abord seulement trouvée attirante physiquement, avec son visage fin et ses cheveux châtains qui frisent au contour des oreilles, ses yeux expressifs et grands ouverts sur le monde. J'ai appris à connaître son tempérament curieux et légèrement cassant par instants. Elle reste armée de son sourire qui en fait taire plus d'un. Enfin, elle possède une certaine réserve et garde pour elle des petits bouts de pensées bien cachés. Non, pas celles d'un philosophe, structurées, dirigées, démonstratives, mais surtout, en certains moments, des petits bouts de phrases à elle. Des interprétations personnelles, qui au fur et à mesure que je la fréquente, dessinent point par point un vrai paysage. Je m'aperçois que je relie ces points patiemment,

12

scrupuleusement comme un enfant rejoint les points avec son crayon de couleur pour découvrir ce qui se cache derrière ces amas de points numérotés d'abord abstraits et au final laissant apparaître le dessin voulu. Devrais-je, à mon tour, patienter jusqu'au dernier numéro, où en rejoignant ce dernier point, je découvrirai le dessin de son cœur ? Pénétrerais-je son âme ? Je ne suis malheureusement qu'un homme qui s'interpelle. Sans cesse, je tombe amoureux de tout ce qui me touche, je vis dans une légèreté qui m'empêche de rester assidu. Mais l'amour est beau quand on sait le voir ! Alors je garde les yeux ouverts et ma vie devient onirique. Je souhaite pouvoir profiter d'elle, de sa fraîcheur, de sa tendresse, son odeur m'est devenue familière depuis ces trois dernières semaines où je la rencontre fréquemment. Je vois son cou, je ressens de nouveau la douceur de la peau extérieure de son bras, effleurée maladroitement ce dernier soir. C'est décidé ! Elle m'inspire. Demain, je l'appelle. Je reste statique face à ma fenêtre, restant là dans mes pensées. La faible ouverture permet à peine de laisser partir la fumée qui danse avant d'être étirée puis aspirée par la petite fente.

***

Trois mois de boulot acharné pour en arriver là! Je suis recalé, huit et demi sur le semestre. Je crois que les hamburgers ont eu raison de mes pensées. Coincé entre une nouvelle année de travail et un avenir sans relief, il va encore falloir lutter contre la dérive. Des amis me regardent de loin, Caro finit par venir vers moi et me prend dans ses bras.

— Tu vas devoir recommencer, on sait que tu en es capable.

— Je ne sais pas si j'ai envie...

— Allons! Tu ne seras pas le premier à repasser un semestre complet en rattrapage.

On s'assoit. Caro me tient toujours et m'embrasse de

nouveaux. Je me laisse faire en me disant qu'un bon moment ne se refuse jamais. Je suis cependant avec elle sans y être.

— Viens avec nous ce soir, faire la fête ! Ce n'est pas la fin de l'année, tu dois rester positif !

***

Je me dirige à la soirée prévue au café-concert près de la fac, le corps toujours alourdi par le poids de la réalité. Les lumières jaunies dévoilent un agglomérat humain. Un tissu social complexe qui évolue au grès de la musique et des consommations. Je suis depuis mon arrivée accoudé au comptoir, le groupe punk reggae « Innerterrestrials » envoie de l'énergie à toute la salle. Soudain, le début d'un son rageur m'emmène au milieu de cette petite foule en mouvement. Je ferme les yeux et essaye de me lâcher dans cette cohue, ma bière vissée à la main, je commence à sauter sur tout ce que je vois. Caro me rejoint, complètement pétée. Je la prends dans mes bras et on saute ensemble. La fin du son conclut notre rapprochement. Nous nous enlaçons, titubons, et arrivons à nous maintenir dans un coin de la salle. Au travers de la claque que je viens de me mettre, certaines pensées me parviennent et pour une fois, elles ne convergent pas vers une thèse ou un théorème, juste une grosse érection… Les toilettes ne sont pas vraiment sales. Une bonne nouvelle, car le temps de jeter un coup d'œil et de poser mon verre, je suis déjà entré en elle. Un pied sur le rebord des chiottes, j'entreprends des aller-retour en écartant ses fesses. Elle se lève par intermittence pour tirer la langue que je lèche et attrape avec ma bouche. Puis, dans des mouvements désorganisés, j'arrive au bord de la jouissance. Caro se relève, je me retrouve comme un con, mais son énergie est communicative et lorsqu'elle me saute dans les bras ma vigueur renaît dans une pénétration si douce… Je me retourne et la bloque contre la paroi opposée et finis par jouir en elle dans un essoufflement profond. Elle me garde contre elle en

14

me serrant. On reste dans cette position de bonheur partagé. En descendant, elle laisse retomber une partie de moi-même que je venais de lui donner. Tous ces futurs « nous », gisant par terre dans un petit clapotis me refont penser à la fragilité de la vie.

***

Après le temps de la réflexion, je reçois le refus de bourse sociale qui scelle mon année universitaire. En effet, je ne ressens pas la force de réussir avec mon retard et les mêmes conditions de travail pour le dernier semestre. En revanche, mes recherches ont été, de nouveau, fructueuses. Je suis accepté, en tant qu'employé, dans un office H.L.M. Pour quitter mon ancien travail, tout est bon à prendre. Le S.M.I.C. est deux fois supérieur à ce que je gagnais et ressemble à de la richesse. Enfin, ce travail me permet de rester avec Caroline et de garder un espoir pour une nouvelle année de philo si j'économise suffisamment.

Je suis à présent l'heureux chargé d'immeuble du 29 Rue de La Boétie. Je m'occupe demain de ce bâtiment de seize étages. Un travail d'apparence tranquille, entretien des parties communes, relationnel avec les locataires et suivi des dossiers de maintenance plomberie ou électricité avec les numéros de prestataires appropriés.

— Bonjour, je suis votre nouveau « Chargé d'Immeuble », si vous avez le moindre problème, n'hésitez pas.

Sur ce bon rythme de servitude, les demandes ne se font pas attendre. Cependant, au niveau de l'agence, mes demandes pour les locataires tardent un peu. Je me décide donc à y faire un passage. À peine arrivé dans la rue, j'aperçois devant l'agence la directrice et la chargée de clientèle en train de fumer leurs cigarettes avec un café. C'est bien ma veine, j'arrive pendant la pause…

— Bonjour, viens prendre un café avec nous, me dit la directrice d'un ton simple.

Pourquoi pas ! Je fais un sourire de circonstances et

15

entre dans l'agence. Des locataires attendent sur des chaises. Il n'y a personne à l'accueil ! Je passe la porte, traverse le hall et atteint derrière un petit couloir une pièce prévue pour prendre le café. Je suis surpris d'y découvrir tout un petit monde à discuter. Certains de mes collègues sont aussi présents. Je me mets à croire qu'il s'agit de l'heure officielle de pause de l'entreprise. Après quelques présentations, je me décide à poser quelques questions. Les réponses me perturbent, car elles ne sont pas conformes à mes attentes. En effet, la trappe de mes containers enterrés est cassée et ne peut pas être réparée, car il s'agit d'un contrat de maintenance passé avec une entreprise qui a déposé le bilan récemment. L'entreprise d'enlèvement des déchets ne veut surtout pas y toucher pour ne pas en avoir la charge. Cependant, la mairie qui est actionnaire majoritaire de notre entreprise « bailleur HLM » et le commanditaire sur le contrat de cette dite entreprise devrait aboutir au consensus. J'écoute cet homme qui s'écoute lui-même parler et j'ai envie de lui demander ce que ça change actuellement à la situation et aux sacs-poubelles qui forment des pyramides au bord de la route. Malheureusement ma nouvelle condition sociale ne me permet pas cette franchise notamment au vu de ma période d'essai. Trente minutes après mon arrivée, je repars de l'agence complètement paumé et toutes les autres questions émanant des besoins urgents de mes locataires sans réponses. Pour ma quatrième tentative ou plutôt mon quatrième café, je commence à me résigner. Je ne suis toujours pas plus avancé sur mes problèmes en cours. Je me décide donc à aller directement au bureau de la directrice de l'antenne locale.

— Je viens pour certains points urgents de mon secteur qui ne trouvent pas de réponse…

— Écoute, je trouve que tu viens ici avec tes problèmes ! Tu sais, quand on vous voit, nous, on est content. On peut faire une coupure et parler d'autres choses que du boulot. Tu comprends qu'après la réception d'un locataire chargé de problèmes, on ne veut pas avoir des

16

collègues qui viennent avec la même attitude. Quand tu viens, fait comme les autres. Prend un café et discute sur d'autres sujets. Au vu de ton C.V., tu as fait des études et tu dois assurément avoir de nombreux sujets de conversations très intéressants…

Je repars du bureau cette fois abasourdi. Je décide de retourner à ma tour pour y retrouver mes esprits. Je passe devant la salle de café, dit au revoir à mes collègues. En passant devant l'accueil toujours vide, je croise la chargée de clientèle qui revient de la boulangerie voisine avec un gâteau à la main. Elle me fait un signe rapide et commence à le manger avant de rentrer dans son bureau. En quittant l'agence, je passe devant des locataires, toujours assis sans expressions, et commence à comprendre leur ressenti. Dire que je me faisais une joie de bosser dans le secteur social.

***

J'ouvre, à cette heure tardive, les yeux sur ma gueule de bois. Je me dresse fébrilement pour me chausser et me voici dans mon coin cuisine au bout de trois pénibles pas. Quelques cafés, je descends en t-shirt, caleçon, pantoufles avec ma clope chercher mon courrier. Bien que, je n'en ai pas souvent. Ce rituel donne une envergure sociale à ma solitude. Un courrier ! Ma tante m'écrit. Mon père va mal. Il est entré en forte dépression suite à la faillite de son exploitation. Je me rends compte que je ne l'ai pas appelé depuis les dernières vacances, car je suis un peu gêné pour parler avec lui. Je décide donc de l'appeler en ce samedi après-midi : « Messagerie ». Bien, je squatte mon clic-clac devant un film pour ne pas avoir à réfléchir. Aux prémices de mon assoupissement, mon téléphone sonne, il aurait pu rappeler à un autre moment.

— Allô !

— Allô !

— Il…, c'est….

17

— Maman ?
— Fabrice s'est pendu !

***

J'arrive à la gare de Nîmes. Ma mère est bien là, attendant dans la Fiat Punto grise que mon père avait juste fait réparer. Maman sort de la voiture et m'enserre dans ses bras, me tient là, contre elle, sans mouvements. Elle me relâche et ses yeux me fixent. Ils sont marqués par le manque de sommeil et me font de la peine. Elle me tient encore, voudrait me dire un mot, mais manque de force pour entamer la conversation. Lui caressant le dos d'une main, je frotte, de l'autre, son bras énergiquement puis me tourne pour faire le tour de la voiture et m'installer. La porte « passager » s'ouvre et ma jeune cousine Camille en sort et de nouveau, me voici dans des bras qui cherchent le réconfort, le besoin de partager ce lourd fardeau. Elle me laisse et ouvre la porte arrière droite pour s'installer. Maman se prépare, prend une grande respiration et démarre. Le silence est persistant. Ne sachant quoi faire, j'allume la radio. Après quinze minutes de route, nous nous engageons enfin sur la route de l'exploitation familiale. Je contemple sans émotions les terres de mon enfance. Au bout de l'allée, maman se gare à côté des autres voitures, tout le monde est là. Je me retrouve dans le salon. Ils viennent vers moi, débordant de compassion et présentant leurs condoléances. Aucune réponse ne me vient. J'ai la tête en vrac et du mal à respirer. Après avoir passé la porte d'entrée comme un plongeur sort la tête de l'eau, je m'assois sur le banc en pierre en face du perron de la longère, adossé au mur de la grange. Je sors mes feuilles et mon tabac pendant qu'un cousin et un oncle fument une cigarette et la pipe. Cet oncle, qui ressemble tant à mon père… Ils n'osent pas venir vers moi. Cependant, après un instant, mon oncle Pierre pose sa main sur mon épaule et m'embrasse affectueusement, puis retourne à l'intérieur. Mon cousin

18

Nicolas, écrase sa seconde cigarette pour pouvoir le suivre bien qu'elle ne fut qu'à peine entamée. Je fais un rictus, mais ne peux que le comprendre, me rendant compte de ne pas avoir pris conscience de la réalité. J'essaye de pleurer, mais n'y arrive pas. J'essaye de me laisser aller, mais n'y arrive pas non plus. Le temps s'est arrêté. Je me sens sec et cet enterrement me laisse indifférent, juste un malaise persistant qui m'empêche de manger depuis hier. Finalement, je suis plutôt bien au vu des circonstances. Je prends la décision de ne pas dire à ma mère que j'ai tout perdu, raté mes études, démissionner de mon dernier emploi. Tout ceci n'est rien… Ma deuxième cousine Lise, la plus âgée, vient à ma rencontre. Elle me dit qu'il est l'heure d'aller au crématorium et qu'elle va nous conduire ma mère et moi. Je sors mon téléphone de ma poche et constate que je suis sur ce fichu banc depuis plus d'une heure. Bien que je ne sente pas la force, mes jambes me portent jusqu'au monospace et ma mère est escortée de ma tante et de ma grand-mère jusqu'à sa place. Le trajet effectué, je ressens des faiblesses, des voiles noirs passent et mes cousines me tiennent chacune par le bras et me parlent, mais rien n'y fait, pas plus qu'un écho qui résonne. Ça y est ! Je ressens enfin de la tristesse, mais je n'arrive pas à la contrôler et mes jambes me délaissent. Puis, au moment où je reprends contact avec le monde, ma mère est à mon côté, en larmes, défaite et le visage livide. Je trouve la force de lever le bras, de lui prendre la main. Je la serre contre moi.

— Je t'aime, maman.

Ma mère me resserre de toutes ses forces, éclatant pour de bon en sanglots. Je comprends à peine ses mots :

— Il est parti, en pleurs.

Ma gorge se noue, comme si une main venait de la saisir. Désormais, ses sanglots de plus en plus forts l'empêchent de continuer de parler. Je la retiens et trouve à nouveau de la force en me redressant.

— On va l'accompagner jusqu'au bout, maman.

Ma mère se redresse à son tour, me regarde avec

amour et passion, me sèche les larmes de sa main droite en se retenant sur mon bras de l'autre. Son regard fixe me transperce, me paralyse le cœur, que de souffrances et de courage à la fois. Elle saisit de nouveau ma main et la serre fortement, jusqu'à devenir blanche. Nous rentrons à présent dans la pièce qui emmènera mon père à sa destination finale. Le temps passe et je ne ressens de nouveau plus rien, les voiles noirs m'aident à rester assis dans une certaine ignorance. Je ne décide pas de lutter contre, car ce qui m'attend est pire. Lorsque je reprends conscience, nous sommes au cimetière. L'urne de mon père est placée par ma mère dans la trappe en pierre prévue à cet effet. Le pasteur rappelle notre histoire et ce voyage de mon grand-père venu par bateau d'Écosse pour la passion de la culture française et de son vin. Il retrace l'histoire de mon père, actif et aimé de tous. Je ne fais que penser à cet hommage fugace qui ne laissera plus de traces l'heure passée où tous repartiront vers leurs vies respectives. Un sentiment nouveau de colère m'envahit qui persistera les jours suivants.

***

Voici maintenant quatre jours que je suis chez ma mère. Le sommeil me manque, mais le temps passe et je ne souhaite pas rester là plus longtemps. C'est décidé, demain, je repars. Je réfléchis et fais les quatre cents pas dans ma chambre, ouvrant ma fenêtre et fumant mes dernières cigarettes sans trouver de solutions. Retourner à Montpellier ! Pourquoi faire ? Caro n'est pas vraiment ma petite amie, et bien qu'elle m'ait envoyé un SMS de soutien, ce n'est pas grand-chose. Que dire de tous les autres dont je n'ai aucune nouvelle ? Ma mère vient de me donner de l'argent que mon père avait mis de côté pour mon Master 1. Je croyais qu'il ne savait même pas en quelle année j'étais. Je me rends compte qu'au contraire, il le savait très bien. Moi qui l'ignore depuis plusieurs années, alors qu'il travaillait pour payer mes études. Lui qui ne m'a jamais encouragé, et les membres de ma famille qui crurent bon de me dire qu'il leur disait toujours à quel point il était fier de moi, « l'intellectuel de la famille ». Papa, je t'ai laissé tomber. Pardonne-moi. Bien que n'étant plus croyant, je me retrouve, genoux à terre, à m'excuser pour mon comportement.

***

La route fait face. La sensation de liberté éternelle, vécue par ceux qui se donnèrent les moyens de vivre leur rêve, s'offre à lui. Combien ont fait la même expérience du départ en solitaire ? Cependant, Logan n'est pas seul. Il part avec son père. Il part découvrir ce que lui n'avait jamais osé affronter de son vivant.

***

Nous y sommes. Je me sens fatigué, mais mes doutes sont désormais derrière moi et s'estompent, pas après pas. Je vais à Paris, le pouce tendu pour commencer sur cette portion de départementale. Enfin, une voiture s'arrête. Je cours vers l'inconnu. Un homme d'un certain âge se penche et me sourit à travers la fenêtre. La peur n'a plus sa place. Il s'agit d'un médecin généraliste. Nous parlons de son enfance. Il déplore l'évolution de la société qui sclérose les velléités de la jeunesse devenue consommatrice de plaisirs rapides.

— À mon époque, on écoutait les « Doors », les produits étaient sains, les industries fabriquaient des biens de consommation durable à vie. Que s'est-il passé ?

Il me demande de fouiller dans sa pochette à CD. Je n'ose pas lui dire que je n'en connais pas un sur dix, par peur de le vexer ou par peur de ma propre ignorance. J'en choisis un au hasard et l'insère dans le poste. Je me rassois contre le dossier du fauteuil et contemple ce paysage, tout à

21

coup mon cœur bat fort et mes jambes se resserrent sur mon sac. La musique met un certain temps à venir alors que je souhaiterais être accompagné. Après une courte pose laissant exprimer les talents des « Canned Het », je remercie mon chauffeur pour la balade qui se termine, mais avant de partir, il me tend le CD.

— Tiens ! Profites-en, je pense que tu trouveras difficilement dans les nouvelles musiques un groupe comme celui-ci qui a baigné dans la mouvance libertaire.

Je suis d'abord gêné, puis ne me sens pas la force de refuser ne voulant pas lui expliquer que je pouvais l'uploader sur mon Smartphone par torrent. Non pas que je ne le pensais pas capable de comprendre ou même de connaître ce système de partage, mais bien parce que ce CD matériel représente une part de l'idée du vrai qu'il a l'air d'avoir. Un échange humain implique parfois simplement de savoir recevoir. Je lui propose de rouler un joint. Il rit franchement avant de décliner mon offre, car bien qu'il ait été heureux de le partager avec moi, cette maison n'est pas la sienne, mais le lieu de mariage de sa fille où il doit travailler sur les préparatifs. Avant de le quitter, il me promet de boire un whisky écossais « single malt » très bientôt en pensant à mon voyage. Je n'ai pas bien compris, mais je crois qu'il s'agit d'une forme de concordance des « trips ». Cela me parait carrément spirituel. La fin de journée approche et j'ai encore beaucoup de route, pour arriver sur Paris. Je marche rapidement pour trouver le meilleur « spot » afin d'être pris en auto-stop. La nationale est à sept kilomètres ce qui, après mes trois années à Montpellier, me semble raisonnable. La nuit va venir et je ne suis pas équipé pour le camping sauvage. Je m'arrête alors en centre-ville et reste, un long moment, dans le doute. En effet, si j'achète une tente, j'aurai de quoi dormir, cependant j'en ferai quoi sur Paris. Le logement est déjà prévu dans le seul centre d'hébergement pour jeune qui m'ait accepté. Le billet de train serait un peu plus cher, mais bien plus rapide ! Je finis donc par choisir la gare. Ma première expérience fut une réelle chance, en revanche rien ne m'indique que des nuits au bord de route avec une tente soient une bonne décision. Je pense au trip voyage échangé avec ce médecin, malheureusement la société n'est, comme il le disait aussi, plus la même. Je regarde les horaires, m'avance puis décide de monter dans le train sans billet. Un homme d'une trentaine d'années ouvre une bière et se met à boire en regardant derrière la vitre de la porte d'entrée du wagon qui vient de se refermer. J'ai toujours apprécié les moments où l'on se perd dans ses pensées, sauf que lui son regard semble s'arrêter à la vitre. J'espère secrètement ne pas avoir le même rendu lorsque je le fais moi-même et me promet d'y prêter attention la prochaine fois. L'individu finit par me remarquer et entame la conversation. Le voir de face me montre un visage érodé et déformé par une vie difficile. Je lui demande s'il a un billet et lui explique que je n'avais pas les moyens d'en acheter un. Il me scrute rapidement puis me dit :

— Bien sûr que j'en ai pas !

Je crois qu'il se demandait si je le voyais bien en « zonard » ou pas et il semblait légèrement vexé que je puisse avoir eu un doute. Je finis par me dévoiler complètement pour ne pas perdre de temps.

— Comment tu fais pour le contrôle ?

Il me sourit avec un léger dédain, après une gorgée de bière.

— Bah moi, y me connaît ! Toute façon, j'suis pas solvable ! Mais toi, si tu veux être tranquille, tu peux te renfermer dans les chiottes ou alors le plus simple, c'est d'attendre au bout du train de l'autre côté et d'attendre qu'il passe en lui disant que tu es venu voir un ami, mais que t'as déjà été contrôlé en début de train.

Je reste un instant stoïque et finis par lui tendre une clope toujours médusé mais franchement rassuré sur mon choix. Je choisis la méthode de « Je suis venu voir quelqu'un ». Finalement, le contrôleur ne me porte absolument aucun intérêt et s'écarte même à mon passage. Ça y est ! Paris est dans trois heures avec le prix du billet pour un sourire. Je passe mon sac sur mon ventre et le prends dans mes bras pour m'assoupir, assis entre deux wagons, au rythme des bruits incessants et des secousses successives.

Chapitre 2
Paris

Paris ! La plus belle ville du monde pour les Français. Je ne constate que de vieux bâtiments sombres sur cette sortie de gare, une grande avenue longeant la Seine ouvrant le passage sur un pont sans identité. Bien sûr, d'autres lieux de cette ville doivent être magnifiques et je pourrai avoir accès à la culture intensive. Cependant, j'ai bien peur que ce Paris « lumière » ne soit pas pour moi. Avec un peu de mal, je trouve mon bus. Le stress monte et les passages incessants, grouillants m'oppressent. Bien que Montpellier soit toujours animée, le contexte y est très différent et les voyageurs paraissent plus sereins. Je ne trouve pas de place assise, sans surprise, et décide de rester en face des portes battantes que je viens de franchir. Je glisse par précaution mon sac de voyage devant moi. Dans ce faible espace, une personne âgée se trouve assise à ma droite à côté d'un homme en costard. Derrière, trois jeunes parlent en espagnol trop vite pour que je puisse les comprendre. Une femme d'allure stricte est adossée au petit rebord prévu à cet effet. Elle lit au travers de ses petites lunettes un livre de psychologie comportementale. Je constate qu'elle possède un œil observateur et qu'elle est à l'écoute des discussions en cours. Est-elle en train de faire des travaux pratiques ? Je prends sur moi pour ce trajet. Après deux changements, je suis enfin arrivé. Le ciel, ici, est gris et l'air vicié. On ressent sa respiration comme si l'air frottait aux poumons. Une odeur persistante entre métallurgie et ordures ménagères stagne. Je me trouve en limite parisienne intra-muros et de Seine-Saint-Denis. Au fil de ma progression, aidé d'une petite carte, les rues se suivent sans particularités. Je crois un instant ne pas être au bon endroit. L'adresse qui se présente devant moi n'est qu'un couloir au milieu d'un bâtiment qui ne ressemble en rien à un centre d'hébergement. Ce couloir ne donne que sur une porte. À bien y réfléchir, elle ressemble à l'entrée d'une cave. Je ressors de l'entrée et traverse la rue. Arrivant sur le trottoir opposé, tantôt, je cherche les numéros de voiries, tantôt, je lève la tête pour contempler ce bâtiment dont bons nombres de volets ne sont plus entiers. Un homme sort :

— Eh, excuse-moi, je cherche le centre d'hébergement jeunesse ?

L'homme en question est grand et sec. Il me regarde avec questionnement.

— C'est là !

Il tend le bras et fait ensuite demi-tour pour reprendre sa route. Bien, je ne sais pas si je dois être rassuré ou bien le contraire. J'avance au-devant de cette porte et y découvre un bouton gris comme le mur que je n'avais pas vu. Je sonne, entends le système d'ouverture, pousse la porte qui découvre un petit bureau d'accueil sur la gauche. Le reste ne consiste qu'en un couloir fermé par deux portes battantes et un escalier ouvert sur la droite. Je fournis donc à l'homme de l'accueil les renseignements demandés. Il me confirme que mon règlement est pris en compte, m'explique le fonctionnement du self, et qu'un vigile se trouve à ce même bureau les heures de nuit. C'est lui qui ouvre les portes. Il me tend la clé, je découvre alors le numéro de chambre trois cent onze et il précise :

— Troisième étage à gauche.

Je le remercie et me dirige donc vers mon futur appartement. La montée au troisième se fait rapidement, des yeux m'observent. L'immersion risque d'être difficile. Le lendemain, j'effectue le rendez-vous « traditionnel » avec l'animateur social, il m'explique le fonctionnement général et me donne quelques dates de sorties organisées par la mairie d'arrondissement. Il me glisse également l'adresse du pôle emploi et des centres d'animations jeunesses. À hauteur de ma chambre, la porte opposée est ouverte. Je donne un regard furtif et observe un mec qui roule un joint sur sa petite table. Il possède le même regard furtif que moi et je me rends compte qu'il m'observe.

— Bonjour ! Lui dis-je avec une voix grave et un ton le plus neutre possible.

— Tu fumes ?

Je me retourne, le regarde droit dans les yeux et lui réponds

— Oui.

Je ne voulais pas montrer d'hésitation et au final, il est trop tard. Me voilà embarqué là où je ne voulais pas être, pris par la peur et le doute au moment de donner la réponse. Il s'appelle Boris, sort de Fleury où il a passé trois ans pour séquestration. Lorsque mon hôte me tend le joint et me demande d'où je viens, je me résous à rester franc et direct.

— Montpellier, puis étudiant en philo...

Boris est bloqué par ma réponse, ses yeux se fixent dans le vague et plusieurs ressentis s'en dégagent, d'abord de la surprise, puis de la colère et enfin il se retourne pour me faire un grand sourire. Le silence persiste et le joint de Boris est puissant, je n'ai pas l'habitude de fumer du « shit » mais celui-là est doux avec des sensations d'épices sucrées. À la troisième taffe, je suis figé dans un état de paralysie, car il se cumule à la crainte. Boris met du son hip-hop et ses yeux expriment toujours une forme d'intensité mal contrôlée. Il finit par se détendre et je découvre un esprit curieux. Nous discutons paisiblement, puis je me décide à lui poser des questions sur la vie à Paris. Il entame la confection d'un nouveau « pet » lorsqu'un jeune rentre par sa porte semi-ouverte. Il check avec Boris, m'ausculte rapidement. Je me redresse lorsqu'il me tend la main. Nous checkons, il saisit une enveloppe tendue par Boris et disparaît à vitesse égale de son arrivée. Je ne suis toujours pas à l'aise, mais je sais que mon intégration parisienne devra se faire ici.

***

La première semaine est passée. Je reste avec Boris pour manger, fumer, sortir. Je finis même par accepter de garder dans ma chambre des paquets pour lui. Vu son casier et sa parano, Boris préfère éviter les descentes de police.

Nous nous promenons tranquillement au retour de la boîte de nuit où l'on a retrouvé tous les membres du centre. J'apprécie cet instant, car je commence à me sentir accepté. Boris s'est porté garant pour moi à plusieurs reprises. Il me décrit comme assez intelligent et surtout très discret. L'argent obtenu ce jour, suite à la vente d'un des paquets que je gardais, nous a permis de payer tout ce que nous désirions. Je repense au moment où Boris m'a tendu plusieurs billets de cinquante euros pour mon travail passif. J'aurais souhaité savoir ce qu'il contenait, mais je me garde bien de poser ce genre de questions. Clôturant comme à mon habitude la marche, je vois Boris qui s'arrête et m'attend. Il me prend sous son bras. Il a l'air détendu ce soir, limite joyeux. Je fixe sa dent en or au long des phrases qu'il me destine. Il s'agit d'un instant bref, quasiment convivial, où les mots n'ont pas d'importance. Puis il change de ton et me parle sérieusement.

— T'as assuré ce soir. On n'est pas bien là ? Qu'est-ce que tu veux de plus, regarde l'autre brunette à droite. Elle est pour toi mon gars ! Elle te kiffe !

Je devine à sa voix qu'il s'agit de rhétorique. Il continue :

— Bon mon gars, avant d'arriver et de profiter de mère nature, faut qu'on parle business. J'ai besoin d'un petit service, tu vas me garder ça.

Il me tend un paquet qu'il a sorti de sa poche ventrale. Je le glisse dans la mienne et me rends compte qu'il est bien plus lourd qu'à l'habitude. Dans un éclat de voix, il retourne à pas rapides vers nos autres compagnons de route et la jeune femme en question m'attend bien sagement. Après avoir refusé un dernier joint, je rentre dans ma chambre. Nadia me suit. On devine, par son comportement et ses habitudes, qu'elle est issue d'un quartier défavorisé. Sa démarche est forcée, elle tient son petit sac à deux mains et si vous la défiez du regard, vous vous ferez immédiatement transpercé par le sien. Un regard noir, qui exprime facilement de la colère. Son français est parfois aléatoire et ses dents sont jaunies par le tabac. Elle s'allonge sur mon lit puis sort une Camel.

— Tu as de la musique ?

Je mets un CD que Boris m'a prêté, le seul qui m'avait plus, « east cost » de Meth'. Je me déshabille et prends une douche. Un moment passe. Je ferme les yeux en augmentant l'eau chaude pour détendre mon dos. Elle ne vient pas me rejoindre ! ! Il me reste des effets personnels et quand je pense à mon sac caché sous le lit, je ressors aussitôt. Elle est assise et effrite une boulette après avoir préparé le collage. Je me pose avec elle, habillé de ma serviette.

— T'es du coin ?

— Non, je viens de Torcy, je suis venue chez ma sœur pour me rapprocher d'un gars. Mais là, tu vois, il est plus vraiment dispo', donc…

Je ne souhaite plus continuer la conversation et m'allonge de l'autre côté du lit en attendant qu'elle finisse de rouler. Elle allume le joint pour me le donner puis retire sa robe qui me dévoile un ensemble noir, mi- transparent au niveau des fesses et des seins. Je la saisis. On se regarde. Elle me caresse le torse et joue avec les quelques poils que j'ai. En me léchant un téton, elle glisse sa main sous la serviette et me caresse. Elle l'enlève pour attraper le joint de ma bouche, tirer dessus profondément et recracher un nuage opaque. Elle retire ma serviette en me soulevant pour le faire complètement. Ses doigts glissent contre moi pour descendre vers mon sexe et le

29

saisir. Sans douceur, Nadia se penche et, lors de la mise en bouche, un léger frisson me parcourt le dos. Je me rends compte que je n'ai pas fermé la porte à clé, mais il est trop tard. Elle se relève, se déshabille complètement puis me fixe en ayant son visage au-dessus du mien. Je retire le nœud de ses cheveux. Ils retombent et accompagnent son visage fin. À cet instant, je la redécouvre et remarque son regard aux yeux noirs qui expriment une belle intensité. Elle me prend le joint pour le poser dans le cendrier en bas du lit et s'assoie sur moi pour me faire entrer en elle.

***

Boris m'expose le coup prévu de ce week-end où, de nouveau, je devrai faire le guet pendant que lui et les autres prennent de l'argent à d'autres dealers postés tous les samedis soirs dans un square du quatorzième. Tout n'est que violence et rien ne me ressemble ! Mais plus encore, que m'attend-il au bout du chemin ? Je me retrouve dans un contexte que je n'aurais jamais dû connaître. Je constate que de près ou de loin, ils se connaissent soit de famille ou au minimum ont grandi dans les mêmes quartiers. Boris me laisse mon ticket d'entrée, mais pour combien de temps. Que devrai-je faire pour que cela continue ? J'arrête de fixer mon plafond et me lève pour préparer un café. Nadia est toujours là, allongée dans mon lit. Je mets du son. La découverte du rap n'est pas inutile et je passe Moss Def « Miss fat beauty ». Nadia se lève, boit un café et se rhabille pour partir. Je l'accompagne. Elle se retourne, m'embrasse furtivement. De onze heures à midi, je reste sur ma chaise à contempler ce nouveau paquet. Je me décide à aller manger au self. Lorsque je remonte, et ce, durant tout l'après-midi, le paquet ne cesse de m'obséder. En l'inspectant soigneusement, je me rends compte qu'il n'est pas bien fermé. En glissant la tête d'un des cintres, j'élargis le trou et devine des billets de banque. Je repose le paquet. Vu sa taille et son aspect solide mais flexible, il est possible qu'il soit rempli de billets de banque. Que faire ? La situation est tentante de repartir au soleil sur la côte d'azur. Je n'ai plus nulle part où aller et personne qui m'attend. Des vacances seraient comme un rêve. En revanche, si cette enveloppe ne contenait pas d'argent ? Je prends le risque de tout perdre, et une fois l'enveloppe ouverte, plus de confiance possible. Je me rappelle cet homme attaché sur une chaise chez un de ses « amis », où j'étais venu livrer un paquet. Ce jour-là, bien que resté à la porte d'entrée, j'ai vu au travers des gongs sa silhouette. Boris, comme à son habitude frappe à ma porte vers dix-huit heures. Je le laisse entrer. Il s'assoit sur mon lit, allume la télévision et roule son joint. Nous restons à discuter de tout et de rien, puis avant qu'il s'en aille, je lui dis que je ne suis pas trop bien ce soir.

— Je vais rester tranquille.

Puis lorsqu'il s'approche de la porte, je lui dis :

— Je reste joignable, s'il le faut.

Il me répond non et me tend le reste de la boulette pour que je finisse ma soirée. Je reste dans ma chambre à chercher la meilleure solution, calculer toutes les éventualités et les échappatoires. Quand trois heures du matin sonnent, je décide de me coucher. Je ne ferais pas le choix cette nuit. Cependant, je règle mon réveil pour être debout demain matin à l'ouverture du bureau. Dans le cas où j'ouvre ce paquet, je dois pouvoir régler mon départ au plus vite avant que Boris ne soit au courant. L'heure du réveil classique est à midi pour aller manger au self. Si je pars à neuf heures, je pourrai être dans un train à cette heure. Mon téléphone sonne comme si je venais juste de fermer les yeux. Je me lève, descends prendre le petit-déjeuner sous le regard surpris des autres locataires qui, eux, ont un emploi. De plus, aucun de nos amis ne se trouvent ici ce matin, j'ai donc toute latitude pour mon départ. De retour, mon estomac se noue, et je suis pris par la peur. Mon visage rougit. J'ai l'impression de devoir monter sur un ring et de risquer gros en cas de défaite. J'entrouvre la porte. Aucun bruit ne parvient dans le couloir et aucun signe de vie de la chambre de Boris. Je me rassois, prends le paquet dans mes deux mains et déchire le plus silencieusement l'extrémité. Le temps s'arrête et je ne respire plus. Mes doigts glissent à l'intérieur, attrapent son contenu et je fais glisser l'ensemble pour l'extraire. Au début, des billets de vingt, puis une poche plastifiée laisse apparaître un bout de shit très imposant, une « save » comme ils disent. Je suis saisi, immobile, inconscient. La texture souple vient du shit qui n'est pas rigide. Je compte les billets, deux cents euros, autrement-dit rien du tout.

— Je suis dans la merde !

Il me vient à l'idée d'aller acheter une enveloppe identique, mais le scotch n'est pas classique. Je ne sais pas où trouver un rouleau identique, avec le peu de temps qui me reste, et me résous à l'évidence. Il est trop tard. Je remplis mon sac avec mes affaires.

— Que faire de ce foutu paquet ?

Si je le garde, je pourrai le revendre dans le coin qu'aux seules personnes intéressées que je connaisse, et je prends de gros risques. Je ne peux pas non plus le laisser là. Je le referme, le prends avec moi pour aller faire mes préparatifs de départ au bureau. Le temps passe et je dois avant tout disparaître. Je ne croise toujours personne de connu et lorsque je ressors du bureau, j'appréhende la sortie et la route. Si je les croisais, que dire ? Que faire ? En passant devant les boites aux lettres, je tire sur la sienne qui s'ouvre ! Elle n'est pas fermée ! Si je lui rends son shit, il ne me poursuivra peut-être pas ? Et si je le croise dans la rue avec le sac, je lui dirai que je l'ai mis là et que quelqu'un l'a ouvert. Je ne suis pas sûr que cela m'aide beaucoup, car il n'est pas stupide, mais ça pourrait me faire éviter d'être attaché à une chaise. Je pose le paquet dans sa boîte aux lettres, sors et marche puis cours lorsque la vue est dégagée sur la route.

***

Boris reçoit un appel l'informant d'une demande de départ faite par Logan ce jour avec le rendez-vous pour l'état des lieux de sortie à dix-sept heures. Il se trouve en voiture, non loin de là, et demande qu'on le dépose au centre en urgence. Il rumine son excès de rage et attend le moment pour le laisser s'exprimer. Arrivé sur les lieux, il monte l'escalier tranquillement en épiant les personnes croisées afin de retenir tous les détails si nécessaire. Depuis plusieurs années, la paranoïa est sa meilleure compagne. Deux personnes discutent au fond du couloir. Il continue son chemin et rentre dans sa chambre. Il attend derrière sa porte leur départ. Deux minutes passent et le silence se fait. Il sort, frappe à la porte de Logan, aucune réponse. Il sort un tournevis plat et force la serrure. Un grincement strident accompagne le loquet qui s'ouvre, cédant sous le poids des ans. Boris ouvre la porte brusquement et se dirige en courant dans la pièce avec le tournevis prêt à être utilisé comme une arme. Il reste là, seul, dans la chambre déserte. Boris fera payer sa fureur ce soir sur lui, s'il le retrouve, ou sur un autre.

***

Je suis de nouveau dans une situation difficile. Bien que mes deux cents euros en poche permettent de rentrer chez ma mère, je ne le souhaite pas. Suite à la mort de mon père, à mes échecs universitaires puis professionnels, plus rien ne me touche. Je préfère errer seul, loin de cette ancienne vie qui ne voulait plus de moi.

Je suis dans le métro et me dirige vers Clichy, je décide de traverser Paris pour fuir Boris. Je reconnais, maintenant, au travers des passants les autres personnes dans la même situation que moi. En fait, ils sont toujours là, mais lorsque l'on a un toit, une famille, ils n'existent pas. Arrivé à la station choisie, je sors du métro et m'approche de l'un d'entre eux. Un homme assez âgé, vêtu d'un bonnet gris, d'une veste de velours et d'un manteau épais aux couleurs passées.

— Bonjour !

— Bonjour, mon gars.

— Vous savez où l'on peut dormir sur Paris ?

Il redresse brusquement la tête et ses yeux s'ouvrent.

— Ah, ah, ah… Un silence passe.

— Regarde ! Je te présente mon lit mon gars, et cette station, c'est ma chambre. Il faut faire gaffe. Ils ferment à deux heures du matin et il faut se mettre au bout là-bas et après tu vas où tu veux. Tu dors et tu te lèves à cinq heures. Mais t'as pas intérêt à venir ici gamin !

— Cinq heures ! Ça fait peu de sommeil !

— Ouais, bah vaut mieux dormir trois heures les deux yeux fermés que six avec un seul. Toi, je te conseille d'aller aux services sociaux, t'es jeune. Avec nous, ils pensent qu'il y a plus d'espoir. Il faut que tu ailles dans un dortoir collectif, si tu sais te défendre, t'auras ta chance.

— Merci.

— Eh gamin ! T'as pas une petite pièce ?

Je fouille dans ma poche pour prendre la monnaie du ticket de métro que je viens d'acheter et lui tend. Je me retourne et réfléchis à l'idée du dortoir collectif. Boris peut avoir des connaissances ici, il va sûrement me chercher. Je décide d'aller à la mairie d'arrondissement pour avoir des renseignements. Peu avant la sortie, j'entends de nouveau l'homme que je viens de rencontrer crier :

— Eh gamin, fais gaffe, ici, c'est l'enfer !

Je le regarde et accélère le pas de peur qu'il ne me suive.

— Eh, gamin, ici, on n'a pas d'amis !

Je ne me retourne plus et arrive aux pieds de l'escalator. Après avoir obtenu l'itinéraire sur un panneau R.A.T.P. et parcouru le chemin, l'accueil de la mairie m'indique que le service social est fermé. Il faudra revenir demain… Le temps passe rapidement et le crépuscule accompagne l'éclairage progressif des lumières de la ville. Je marche sans savoir où aller. Soudain, juste après être passé en dessous du périphérique, je remarque une maison à l'air abandonnée. J'hésite un instant, mais le froid de ce début février m'attaque déjà les lèvres et les narines. Un des volets gris en bois est cassé sur une extrémité. Je me penche pour observer l'intérieur en me moquant du passage des voitures.

— Eh toi, casse toi ! Hurle une voix.

Je me redresse, et le volet s'entrouvre. Un homme assez jeune tend un cutter et lance son bras vers moi. Par réflexe, je rabats le volet qui bloque à temps cette attaque surprise. Je recule d'un pas et l'homme met un violent coup de pied au volet qui claque aussitôt contre le mur. Une ombre apparaît derrière lui. C'en est trop pour moi ! Je me mets à courir quand il pose un pied de l'autre côté de la fenêtre. Après un effort de plusieurs dizaines de mètres, je me retourne. Il est resté sur le trottoir et me regarde détaler. Une tête sort par la fenêtre et je les entends rire. Je continue mon chemin en m'assurant de ne pas être suivi sur un bon kilomètre. Un hôtel à la façade miteuse, je vais me renseigner sur les prix. J'entre, la réception sent comme une vieille armoire. On croirait entrer dans un grenier de maison ancienne.

— Cinquante-cinq euros.

Me répond un homme avec des cheveux gris sur la périphérie de sa calvitie. Il est maigre avec une barbe drue. Depuis mon kebab et le métro, il me reste environ cent quatre-vingt-dix euros. Ce prix est trop cher pour moi si je veux tenir plus de trois jours. Je l'indique au concierge et décline son offre.

— Bah, il me reste une chambre au dernier étage à trente-cinq euros. Juste un petit lit, sanitaires et douches à l'étage du dessous.

Je me résous à accepter, ne voulant plus courir ce soir. Il fait nuit désormais. Bien que sans trop de moyens, je souhaite dormir. Je paye ma chambre, prends la clé, grimpe les quatre étages, traverse le bâtiment et remonte le petit escalier opposé. Il s'agit bien d'un grenier grossièrement aménagé sous des combles à l'isolation noircie par l'humidité. La porte dévoile un petit lit à droite et se referme sur l'espace restant donnant sur un tabouret. L'éclairage grésille, mais fonctionne. Il s'agit bien d'une pièce de tout au plus quatre mètres carrés. L'expression « marchand de sommeil » prend tout son sens sur Paris. Je pose mon sac entre la porte et la table, et m'allonge après m'être assuré que les deux verrous sont bien fermés. Des bruits sourds me relèvent pour coller mon oreille à la porte. Deux hommes parlent une langue que je ne connais pas. Je me rallonge pour passer la nuit. La faim ne passe pas et me torture l'estomac. En effet, j'ai mangé, mais un peu avant onze heures ce matin. Depuis, je ne sais pas combien de kilomètres j'ai parcouru à pied. Je tente des positions différentes, pour laisser le sommeil l'emporter, mais rien n'y fait. Je remets mon pantalon, saisis ma clé et descends au troisième étage. La salle d'eau n'est pas mieux entretenue que le reste, mais je dois boire au robinet pour me remplir l'estomac. Enfin, à mon retour, bien que complètement ballonné, je m'écroule et m'endors lourdement. Le lendemain matin, je me réveille sur ce lit que je n'avais pas pris le temps de défaire. La nuit de sommeil m'a redonné des forces. Finalement, cette chambre fut un investissement justifié. La journée à venir sera longue, probablement plus que celle d'hier. Je sors de l'hôtel et retourne sur Paris en évitant le carrefour de la maison que je croyais abandonnée, et qui est en réalité un squat bien gardé. Je me tourne, une nouvelle fois, vers les services sociaux. Cependant, l'expérience de Montpellier ne m'inspire que peu d'espoir. Je dois d'abord me battre à l'accueil, car la secrétaire de la veille n'est plus là et aucun horaire n'est disponible pour moi. Je suis obligé de monter le ton, puis me confonds en excuses et explique ma situation. Elle prend finalement pitié de moi, appelle une personne, et me donne un horaire. Je règle les formalités en donnant ma carte d'identité et ma carte vitale. On m'invite à m'asseoir pour attendre l'heure auprès des autres. En scrutant les quelques panneaux, je me rends compte de ma chance. Ce jour est un jour de permanence, un toutes les deux semaines ! Les rendez-vous s'enchaînent jusqu'à mon tour. L'assistante sociale me demande de lui expliquer mon parcours, tâche à laquelle je m'acquitte sans détour. Puis, elle m'explique que bien qu'encore jeune, je ne suis plus considéré à vingt-deux ans en jeune majeur. Les financements ponctuels qu'elle me propose sont tous trop lointains et nécessitent une adresse. Elle prend le temps d'appeler une assistante sociale d'un autre service pour connaître les disponibilités de logements sociaux ou d'accueil d'urgence. Tout ce qu'elle me rapporte de cet échange avec sa collègue ne m'enfonce qu'un peu plus dans la noirceur de mes pensées. Je ressens une fatigue soudaine qui me laisse sans force sur cette chaise. Un voile passe et elle se lève en toute hâte pour me soutenir puis me donne quelques claques sur la joue.

— C'est rien, je n'ai pas eu le temps de manger ce matin.

Le rendez-vous se termine et aboutit à deux adresses, le secours catholique et l'armée du salut. Elle fouille dans un de ses tiroirs et me donne son dernier coupon qui permet de manger dans un restaurant associatif local.

— Vous pourrez toujours vous nourrir ce midi.

Je la contemple et mesure finalement toute son empathie à mon égard. Contrairement à ma première rencontre, cette assistante sociale me semble passionnée, investie. Dommage qu'on ne lui donne pas les moyens d'aider concrètement. Bien que lui ayant expliqué que je ne puisse pas retourner au centre d'hébergement, elle me prie de reconsidérer la question et me dit que si je le lui demande, elle appellera pour moi afin de « régler ça ».

***

J'ai reçu de nombreux messages de Boris et aussi un de Nadia. Ce Smartphone ne vaut plus la peine d'être vendu même dans ma situation. Enfin, ma ligne n'est pas encore coupée et il pourra peut-être avoir une utilité. La route s'effectue sans envie, la marche devenue lente. Je me dirige vers les adresses indiquées. Une feuille indique sur la porte du secours catholique qu'ils ont déménagé vers un lieu plus grand dans un autre arrondissement. L'armée du salut me propose une place dans un bus aménagé avec des sanitaires. J'y ai une place pour plusieurs jours. La durée maximale est d'une semaine, les occupants doivent tourner car trop de personnes sont dans un besoin urgent. Je prends mon repas le midi aux abords du bus, une équipe de « maraudeurs », exclusivement composés de femmes, est là et prépare la tournée du quartier. Une d'entre elles vient à ma rencontre. La discussion est cordiale. Elle devine une retenue de ma part qu'elle impute à de la méfiance alors que tout ce que l'on se raconte me crie que je ne suis pas à ma place. Le soir venu, je monte, m'installe à une place disponible proche de la porte d'entrée. Les ouvertures et fermetures incessantes des portes m'empêchent de dormir et laissent entrer le froid. Plusieurs hommes se présentent à moi et me demandent le contenu de mon sac. Je refuse énergiquement et me prépare à l'inévitable, mais mes assaillants font demi-tour sans poser d'autres questions. L'équipe de maraudeurs revient de sa tournée, il est une heure du matin. J'accepte un café bien volontiers et mon interlocutrice de début de soirée m'offre une cigarette et une seconde pour ma nuit. Ils partent en saluant ceux d'entre nous qui sont éveillés. Au cœur de la nuit, le froid ne me permettant que de m'assoupir, j'entends chuchoter au fond du bus. Je me tourne pour garder un œil entre deux sièges vers l'arrière. Trois personnes se dirigent vers moi, je reconnais le premier, car il est petit et très trapu. Je m'adosse au bord du bus, mets un pied-à-terre et l'autre sur l'assise pour être prêt à bondir. Le premier homme s'arrête à mon niveau et me repose une nouvelle fois la question d'un air menaçant en gardant sa main droite dans sa poche comme si elle contenait quelque chose. Je me débats lorsqu'il tente de prendre le sac. Une main ferme saisit mon épaule gauche, un deuxième homme s'est positionné derrière après avoir délogé son occupant. Je lâche prise. Le troisième se met également sur les sièges arrières. Lorsque ce dernier met la main sur mon sac et commence à en ouvrir la fermeture éclair, la rage m'envahit. Je mords au sang la main qui me tient, assène un coup violent au visage du deuxième, puis saute sur le dernier qui vient vers moi et le frappe en sautant à pieds joints sur son torse. Il tombe dans un bruit de douleur. Je me relève, arrache mon sac, appuie sur le bouton pressoir de l'ouverture, manque de m'assommer sur le battant de la porte et finis dehors. Me voici à courir la nuit dans les rues de Paris. Je me dirige vers des avenues encore fréquentées par quelques jeunes en sortie de bar. Le froid m'oblige à rester en mouvement. Alors je marche et marche encore, finis par traverser le cinquième arrondissement et Notre-Dame se dévoile. J'y songe, on peut toujours tenter le coup. Je prends un instant, choisis d'allumer ma clope juste déformée. Je reste accoudé sur ce pont des Arts. L'eau coule paisiblement. Le taux d'adrénaline redescend. La cathédrale est bien fermée, aucun espoir d'y trouver refuge. Je décide de me poser sur un des nombreux bancs des quais de Seine. De nouveau, mon sac entre les bras, pour ne pas le perdre, mais aussi pour lutter contre le froid. Je m'assoupis. Mes dents claquent. Quelques passants se promènent à cette heure tardive. Ils parlent français ou anglais. J'écoute ces petits morceaux de vies toujours plus belles que la mienne. Mon corps tremble. Malgré la fatigue, il faut marcher encore. Je finis par quitter les chemins de promenade et me dirige vers le dessous d'un pont de voies ferroviaires. L'endroit est bien plus vaste que ce qu'il m'avait semblé. Deux ponts se suivent avec plusieurs voies chacun. De plus, un tunnel descend en contrebas de ma hauteur actuelle. Je constate que je peux y descendre, mais la route sera périlleuse, car les éclairages sont loin et l'on ne devine que des ombres. Le tunnel est fermé, mais un courant d'air chaud s'en dégage. Je m'assois contre la grille, pose ma tête sur mon sac pour m'endormir enfin.

***

Il me faut continuer à chercher des solutions. Arrêter de croire est le meilleur moyen pour sombrer. Les jours se suivent sans résultat. Je rassemble des cartons et tout ce qui permet de m'isoler du froid et surtout du monde extérieur. Afin de protéger ce fragile sommeil qui me laisse quelques heures dans l'ignorance. Six jours se sont écoulés depuis mon départ du centre d'hébergement. La situation est critique. Au hasard des rues, je m'installe à côté des poubelles d'un restaurant et mes yeux se ferment pour oublier. Le sommeil est un refuge au désespoir. Des jeunes jouent au ballon à l'angle de ma petite ruelle. L'un d'eux finit par me voir et feint de m'ignorer dans une perte de sourire et un retour vif de la tête. Il me montre du doigt à ses amis. Je dois leur faire peur, car ils décident de jouer plus loin. Je baisse les yeux de honte. L'air frais et la faim finissent d'achever mes visions morbides. Je dois leur faire peur, car ils décident de jouer plus loin. Je me lève et me redirige vers la Seine, vers mon habitat de fortune. Arrivé sous le pont, un homme est là, inspectant mes cartons. Je me rapproche, prêt à ressembler mes dernières forces. Il me montre un grand sourire. Un maraudeur ?

— Hey you !

Ses dents ressortent de sa bouche avec une certaine excroissance liée à un coup violent reçu sur la mâchoire de façon perceptible, au vue de la marque rectiligne, peut-être une barre de fer.

— How are you ? You're bienvenue in my home. Je parle un peu français. J'être ici since, hmmm, t'ois weeks.

Il me montre trois doigts. Je ne comprends pas. Il se retourne et marche d'un air décidé vers la partie inférieure du pont qui se perd dans un sombre décor. Arrivé à la grille, il grimpe sur un côté et tire à deux mains sur deux barreaux de la partie haute à trois bons mètres du sol. La grille pivote sur la traverse supérieure ! Il m'invite à faire de même. Bien, me voici au devant d'une décision. Situation devenue rare depuis ces jours d'errance ! Je suis hésitant, mais la faim me donne de la hargne. S'il m'arrive quelque chose, je ne me laisserai pas faire et il faudra plus d'une personne pour me mettre à terre. Oui, cette hargne se mue en courage. Je suis devenu un autre homme. Si seulement, j'avais eu cette force la semaine dernière... Il sourit fortement en me voyant descendre de l'autre côté habillé de ce jean trop sale et de mon sweat à capuche devenu mon habitat principal. Nous nous engageons dans le tunnel, les aérations laissent passer des filets de lumière. Nous empruntons un nouveau passage sur la gauche et j'aboutis sur le quai de Seine, invisible aux yeux des autres, car caché par une grosse structure métallique qui le surplombe. Un abri en tôle se dresse à gauche et un second à droite est en toile. Nous sommes quasiment à hauteur d'eau, et pour cacher la vue des bateaux un grand tissu est grossièrement tiré de part en part. Il entre dans la partie en toile et m'invite.

— Come !

Je m'aperçois qu'il loge deux personnes. Il ouvre un pot en métal et allume une petite plaque électrique. Le câble sort et se dirige vers l'intérieur du tunnel. L'électricité ! Quel luxe... Je constate avec une joie interne immense qu'il entame la préparation d'un café avec de l'eau de pluie venue d'un seau de récupération en plastique. Vu ma situation actuelle, cet abri ressemble à une caverne remplie de nombreux trésors qui ont dû être longs à récolter pour un homme de la rue. Ce café, à l'abri, accompagné d'un sourire me réchauffe le cœur. Je suis dans un état second, lié à la grande humanité qui se dégage de lui. La discussion que nous avons est passionnante. Je voyage au grès des mots, tantôt anglais, tantôt français, de cet afro-cubain arrivé en France de New-York comme manœuvre sur une embarcation péruvienne. Il me parle avec intensité et émotion de ces mois passés dans les entrailles de cette ville où il a vécu dans les sous-sols parmi nombre de ses compatriotes. Il me raconte que deux semaines durant il ne vit pas la lumière du jour. Ces galeries sont immenses et ressemblent à une ville souterraine. C'est pour cette raison que, sur Paris, il est descendu directement sous terre. Il a rencontré un « bro » qui l'accueille ici. Il m'explique aussi avec un certain amusement, qu'il se passe certaines soirées avec des jeunes qui organisent des fêtes dans des lieux tenus secrets. Certains lieux des souterrains parisiens offrent de grandes salles. Il paraît qu'il y a des projections de films. Je reste statique, écoute ses paroles en le regardant fixement, sourire figé. Je l'écoute comme un enfant entend ses premières histoires. Et c'est bien mon cas ! Pour la première fois, je découvre une vraie histoire de la vie, sans frontière. Je le crois volontiers, car il ne se dégage de cet instant qu'une grande sincérité.

***

Je passe ma seconde nuit dans cette petite tente, mais mon ami du moment me prévient. Demain, il faudra partir, car le propriétaire de ce lieu revient. Je compte mes derniers sous, quatre-vingt-dix-sept euros. Un homme rencontré ce matin, dans les méandres caverneux, m'a indiqué qu'un de ses compatriotes a été embauché par une entreprise qui vient de s'implanter sur Paris et qui cherche des bonnes volontés. Je vais tenter ma chance. Me voici marchant dans les rues de Paris, mon sac glissé derrière le dos et mes derniers euros en poche. Une décision s'impose. L'argent qu'il me reste ne me permettra plus que de survivre quelques jours. Il me faut prendre le train vers Nîmes ou trouver une solution sur place. Après avoir roulé ma dernière clope et jeté le paquet de tabac vide, je reste allongé sur la pelouse du Champ de Mars. De toute façon, je peux toujours essayer de gruger le billet de train et, au pire, perdu pour perdu ma mère m'avancera l'amende.

De nouveau en route, le prospectus de l'entreprise en main, je me dirige vers les magasins qui se situent de l'autre côté de la Seine. Le passage d'un pont me permet de trouver une grande enseigne sur quatre étages de collections aux prix variés. Le rez-de-chaussée, quant à lui, est occupé par un magasin alimentaire. Le vigile me demande le contenu de mon sac, je lui montre l'intérieur rapidement et lui propose de le poser à l'entrée. Il se pose des questions, mais me prend le sac et le cache derrière un petit présentoir. Arrivé au rayon homme, la vendeuse me suit du regard. Elle devine ma condition. Son accueil reste cordial bien que sa voix devienne légèrement pincée. Mes chaussures n'ont plus de couleurs ayant gardé les traces de mon récent parcours. Mon jean est taché sur la jambe gauche, jauni au contact de l'humidité. Mon sweat est déformé par les nuits difficiles à se tourner et se retourner encore pour trouver le sommeil. Je trouve un pantalon en velours gris au rabais à ma taille, une chemise premier prix bleu clair et un pull simple noir très fin pour la saison. Les comptes faits, je paie cinquante-neuf euros quatre-vingt-dix. Deux étages plus bas, j'achète une paire de chaussures noires qui ressemblent à du plastique pour dix-neuf euros. Je finis par le magasin alimentaire et mes seize euros et des poussières pour une mousse à raser, des rasoirs une lame, un déodorant et un sandwich. Le vigile, après m'avoir vu descendre les escaliers et épié de loin à la caisse, me tend mon sac. Je suis soulagé de voir que rien n'a bougé. Je trouve un coin isolé avec une petite fontaine pour me changer dehors et sors de mon sac mon sachet de rasoirs et la mousse. Ma barbe résiste et, en faisant le maximum pour ne pas être déconcentré par le regard de quelques passants, j'arrive enfin au prix de grands efforts et de dextérité à finir. Les rasoirs y sont tous passés, remplis de poils de toutes longueurs. En posant ma main sur mes joues anesthésiées par le froid ainsi que mon menton et ma gorge, je m'assure du travail bien fait. Je marche à vive allure et arrive au Pôle Emploi. Personne ne me remarque et j'arrive sur ma boîte mail pour imprimer un vieux C.V., toujours domicilié sur

Montpellier. L'expéditeur d'un des messages « non lus » est le service social étudiant. Je ne souhaite pas le lire. Les autres sont des publicités et autre spam. Tiens, Hervé me renvoie une copie du travail que l'on avait effectué sur Spinoza. Je me demande combien de messages sont en attente sur mon téléphone. En effet, je n'ai pas eu le cœur de regarder depuis plusieurs jours. Par chance, la personne de l'accueil est en formation et du coup très serviable. Il s'occupe des impressions et je repars finalement avec mon C.V. et une petite chemise souple verte en prime. Ces nouveaux habits et mon C.V. sous le bras me donnent l'impression d'avoir remis ma peau de jeune étudiant. Je me dirige maintenant vers le siège de l'entreprise concernée. Il est onze heures trente. Il me reste donc deux heures pour rejoindre « la Défense ». Il me faut prendre le métro si je veux arriver présentable, bien qu'il ne me reste plus que quelques pièces. L'habitude du métropolitain vient rapidement. Je suis assis à regarder la fenêtre en ignorant complètement mes voisins, trop préoccupé par l'enjeu de ce futur entretien. Une vingtaine de personnes attendent sur des chaises dans le hall de ce bâtiment vétuste au béton apparent. J'ai peur de ne pas faire illusion, mais me ressaisis en avançant vers l'accueil. Après avoir répondu à un petit questionnaire, on me dirige vers les autres candidats afin d'attendre d'être appelé par un des recruteurs. À quinze heures, mon tour vient. Je reste souriant et courtois et le début se présente bien. Lorsqu'il s'informe du contenu de mon C.V., il réagit aussitôt :

— Effectivement, vous avez un bac +2, mais notre entreprise ne se tourne pas trop vers la philosophie.

— Oui, mais j'y ai appris le raisonnement pratique. J'y ai acquis les méthodes rédactionnelles. Je pense que comme votre plaquette l'indique, une formation d'intégration me permettra de mettre en pratique mes compétences de communication qui est une vertu fondamentale du commerce. De plus, j'ai un bac scientifique et je n'aurai pas de souci en comptabilité ainsi qu'en informatique.

À ces mots, son regard devient flou et sa voix très

neutre. Il n'ose pas me contredire directement, hélas je ressens sa distance.

— Je suis prêt à entrer par la petite porte s'il le faut ! Vous n'avez pas d'autres besoins ?

— Hum, nous avons comblé nos recrutements en maintenance et entretien la semaine dernière, je suis désolé. Je vois que vous êtes en recherche active, mais votre profil ne correspond pas à nos métiers commerciaux. Nous avons une formation d'intégration très rapide. Il s'agit de se faire connaître ainsi que de connaître son service, pas plus. Je vais y réfléchir et je vous contacte. À la sortie, peu d'espoir subsiste de cet entretien. Je m'assois sur le rebord de la baie vitrée de la compagnie et grille la dernière des cigarettes taxées à des touristes allemands. Un gars s'assoit à côté pour en allumer une à son tour. Il est jeune, mince, les cheveux clairs frisés mi-longs. Son visage présente un grand menton en pointe et de petits yeux vifs verts.

— Salut !

— Bonjour !

Je réponds sans le regarder de nouveau.

— Je ne crois pas que ça va marcher pour moi

— Moi, j'en suis sûr.

— Gaétan.

Il me tend la main.

— Logan.

— Logan, c'est original comme prénom.

— Oui, ma grand-mère avait beaucoup d'imagination...

— Tu as des origines ?

— Écossaise.

— Waouh, moi je suis d'ici, parents, grands-parents... Heureusement que c'est grand...

Léger silence

— Je suis de l'U.P.E.A. et toi?

— C'est ton école, vu le nom. Moi, je viens de la faculté de Montpellier.

— La fac! Sympa ! Moi, c'est une école de commerce

45

privée que mon père me paie pour que je trouve un boulot.

— Eh bien, tes parents te soutiennent. Rire de Gaétan.

— Ouais, bah je préférerais qu'ils me soutiennent dans ce que je veux faire et pas par obligation. Toi, t'as fait quoi comme cursus ?

— Philosophie

Surpris, il me regarde de nouveau comme s'il me redécouvrait.

— Descartes, Nietzsche, Sartre, etc…

— Oui, Descartes, Nietzsche, Sartre, etc… Léger silence.

Ma cigarette est finie, écrasée et j'ai envie de penser à mon désespoir mais il continue la conversation.

— Je vais faire une soirée, on se retrouve avec une partie de la promo. C'est sympa, mais je trouve toujours les conversations à mourir. Si ça te dit…

Je suis préoccupé par ma situation et ressurgis à la fin de sa phrase.

— T'as une clope ?

— Oui, si t'es en rade, je peux t'en donner

Il me montre le paquet.

— Juste une ça suffira, merci.

— Du coup, tu es motivé pour ce soir ? Je vais pouvoir te présenter des potes aussi. Nico a fait Littérature avant de rentrer chez nous, c'est l'intellectuel de la bande, mais avec toi, il va pouvoir discuter, pour une fois. Nous, on supporte plus trop ces allégations métaphoriques.

Il rit. Il me soûle un peu bien que sa sympathie soit spontanée. Je n'ai pas eu d'opportunité comme celle-ci depuis un moment, la nuit sera plus courte et il fera plus chaud.

— C'est où ?

— Dans le septième au bar de la ruelle Saint Martin.

— Bon, je n'ai rien de prévu ce soir.

— On se retrouve à vingt et une heures.

— OK.

Je garde le peu d'argent qu'il me reste pour manger ce soir, une bonne marche m'attend, mais ce n'est pas un choix. Depuis quelques jours, je suis beaucoup moins obsédé par Boris. Le temps a passé. Cette semaine est une année de vie en épreuves et en évolution personnelle. Bien que je sois en détresse, je me ressens fort, prêt à bondir sur lui si nécessaire. En marchant, je repense à sa rage, et la mienne monte et me réchauffe le corps. Je me ressaisis et constate que je suis en train de faire peur à une jeune femme qui fait un grand écart lorsque l'on se croise. Mon visage reflète ma haine et il faut se calmer maintenant. Le lieu de rendez-vous trouvé, je contemple le crépuscule et la lune pratiquement pleine de ce soir. Les teintes des couleurs de la ville palissent. L'atmosphère est presque chaleureuse comme si nous étions tous bercés par une douceur commune. Je comprends les poètes et écrivains inspirés par ses ambiances nocturnes parisiennes. Je mange patiemment le sandwich acheté ce matin. Plus je mets de temps à manger, plus la faim met du temps à revenir. Vingt heures cinquante, Gaétan arrive vers moi à vive allure habillé d'un pull en « v », col de chemise ouverte, longue parka noire et chaussures bateau.

— On y va !

— Je te suis.

La soirée suit son cours et je m'étonne encore d'arriver à passer pour l'un des leurs. Nous voici, clamant nos connaissances commerciales dans une bonne humeur générale due aux girafes successives. Gaétan est dehors et fume une clope. Je suis chaud et l'alcool me rend sociable. Je sors pour l'accompagner et discuter un peu. Il me tend une clope, sans que j'ai à la lui demander. La soirée continue et nous parlons de tout et de rien pendant un long moment. Puis, la discussion se fige sur la photographie. Sa passion est visible et il m'explique ses difficultés techniques ainsi que le matériel dont il a besoin pour progresser. Enfin, il me parle de ses parents divorcés et de sa vie chez sa mère. J'anticipe sa question et lui dis que j'ai perdu mon père récemment. Je préfère éviter le sujet de ma famille. Il compatit avec un regard triste et sourit en changeant à nouveau de sujet. Il continue à me tendre cigarette sur cigarette. Finalement, c'est peut-être un gars bien ! Deux heures du matin sonnent, nos amis du soir s'en vont au compte-gouttes et nous restons là à parler de musique. Il ouvre son paquet et me tend sa dernière clope que je refuse évidemment.

— Tu rentres chez toi ?

Je ne sais pas quoi répondre.

— Euh, oui je vais y aller…

— Tu peux venir chez moi si ça te dis ? J'ai le reste d'une tête de superskunk

— Oh, de la vraie, ça fait une éternité. Ici, on n'est pas loin d'Amsterdam.

— Même pas, je suis allé au « Mississippi », une péniche sur Maastricht juste après la frontière. Tu ne connais pas ?

— Bah à Montpellier, on est plus proche de l'Espagne ou de la Suisse, ou un peu loin de tout en fait… Rires

— L'idéal, c'est d'aller à Copenhague. Là-bas, il y a un village d'expression libre en pleine ville. J'y suis allé l'année dernière. Avec leurs petits BMX en location à vingt couronnes qui bloquent les roues quand tu ne tournes plus les pédales. Les dérapages que j'ai faits! Je me suis cassé la gueule une dizaine de fois en suivant mes deux cousins. Ils vendent du shit et de la « beuh » à l'étalage. Tu peux y trouver ou faire ce que tu veux. Il y avait un petit bâtiment, j'ai ouvert la porte et c'était un skate parc !!! Après j'ai fini la soirée au bar ouvert. Il y a plein de grandes tables en bois et tu entends des langues et croises des gens du monde entier. C'est juste mortel.

— Super ! Euh, oui pourquoi pas, on peut finir la soirée à la « superskunk ». Ça ne se refuse pas !

***

L'appartement se présente enfin sur le palier du cinquième étage d'un immeuble du huitième arrondissement. La porte et les marches sont en bois. Ce bâtiment de bonne prestance est de style haussmannien. L'appartement est spacieux, le parquet intérieur et la grande bibliothèque réchauffent l'atmosphère. Gaétan se pose sur la table basse, sors une petite boite de dessous ainsi que son « grinder ». Il s'organise minutieusement. Dans un premier temps, je m'assois sur le divan du salon, puis me relève pour admirer le lecteur ancien posé fièrement sur un meuble à sa mesure et la collection de vinyles de sa mère. Ne connaissant que peu des groupes, je choisis « Led Zeppelin » dont le nom m'est familier. Ce sera la première écoute.

— Ma mère a une collection incroyable, elle achète tout ce qui lui plaît depuis la fin des années soixante. Il y en a pour de la tune ! Je décide de ne pas retirer mes chaussures, je ne me suis pas lavé depuis longtemps. Il n'en prête pas attention et finit de rouler le joint. Je me rassois donc embaumer des odeurs fortes et épicées caractéristiques que j'avais connues à la collocation de Montpellier. Je décide de profiter au maximum de ce confort momentané avant de repartir à la gare. Gaétan est réellement sympathique et curieux des autres. Il s'allonge sur le tapis en se maintenant sur un coude, laisse échapper sa fumée qui s'étend et occupe la pièce principale non ventilée.

— Philo, c'est un rêve pour moi ce que tu as fait. Quand je pense aussi au poète et à leur vie de liberté extrême. Les penseurs ne s'attachent pas trop aux besoins primaires, mais plus à la découverte et l'enrichissement personnel, je crois. Malheureusement, je ne sais pas écrire. Tu écris toi ?

Il se rassoit et me tend le « pet ».

— Oui, un peu. J'écris juste ce que je ressens.

— Je t'écoute !

— C'est assez personnel, je ne le fais jamais lire.

— Oui, je comprends… Ou lis-moi juste un passage, un poème.

— J'ai quelques phrases si tu veux. Je suis une somme d'influences, qui va et vient, bercée par la différence.

— C'est joli. Cela fait partie de la vie en société et tu te demandes ce que tu es.

— Pour moi, la limite de ce que nous sommes est diffuse. Être marginal ne veut rien dire. On est marginal à quelque chose dont on s'éloigne sans s'y extraire. La société apporte un référentiel social et on se positionne où l'on veut. Bien que vouloir soit un grand mot qui ne peut être exclu d'une réelle conscience. De fait, on appartient toujours à un système, ou au système, et on se dirige au travers des autres pour être ce que l'on est. Tous ceux qui nous entourent sont nos miroirs. Là où ça devient intéressant, c'est qu'eux-mêmes font le chemin identique vers l'identification de ce qu'ils sont. Ainsi, les miroirs ne peuvent jamais être parfaits et selon le tempérament de chacun, on prend le temps de chercher une certaine vérité où l'on consomme de la relation comme une dépendance pour ne pas avoir à y réfléchir. Les publicités, la télévision, ça aide à oublier. De fait personne n'a raison ou tort. Puis, le ressenti, la sensibilité crée l'intensité des réactions. On se détruit et on se reconstruit chaque jour. Après d'une façon plus collective et sociétale, nous sommes régis par le contrat social. Je crois en la recherche de soi. On peut cheminer en soi-même à la recherche de sa vraie nature. Pascal disait que « l'homme est un puits sans fond ». Kierkegaard disait que « la passion de la recherche de soi est la vraie expression de son identité ».

Là, j'avoue, je me sens très détendu, mais sans oublier mes obligations. Je lui demande si je peux utiliser la salle de bains pour me mettre de l'eau sur le visage. Il me dit que je peux prendre une douche, je ne serai pas le premier et ça ne dérange personne. Je trouve la situation étrange, mais il se rallonge et est visiblement terrassé par la skunk. Après tout, il ne se rendra pas compte que c'est arrivé demain matin. Je serai alors parti et pour moi, c'est une nécessité. La douche prise, je remets directement la chemise et mon pantalon du jour qui restent mes seuls habits acceptables. Gaétan est dans sa chambre. Je m'apprête à lui dire au revoir s'il veut dormir. Il travaille sur ses photos.

— Entre, je vais te montrer mon boulot.

Je m'assois sur la chaise de son bureau et il me montre beaucoup de ses photos. Ensuite, il va sur Internet pour me faire découvrir ses modèles. Je suis intéressé par des prises de vue d'immeubles où l'on découvre des instants de vies à chaque fenêtre ou balcon. En revenant sur son travail, je découvre qu'il a un certain talent ou, en tout cas, de réelles qualités.

— J'ai faim ! Tu veux manger ?

— Oui, pourquoi pas !

Gaétan se lève et disparaît dans le couloir. J'entends un bruit d'assiettes et de couverts. Me retrouvant seul dans cette chambre, je décide de lui demander si je peux squatter le canapé cette nuit. Il revient avec deux assiettes de salades composées. Je pose d'abord l'assiette sur le bureau me retourne grâce au fauteuil pivotant afin de faire ma demande en ayant l'air le plus décontracté possible. À cet instant, Gaétan se déshabille, allume le dernier joint et s'étend sur son lit. Je suis stupéfait et ma fourchette en tombe. Il est là, étendu, je regarde ses fesses offertes rondes et imberbes. Son corps est lisse. Sa colonne vertébrale en dessine la longueur. Il se retourne, me passe le pet, et défait les boutons de mon pantalon. Je me retrouve assis sur ce fauteuil, mon sexe faisant face à lui. Il le glisse dans sa main. Je suis toujours sclérosé. La tiédeur et la douceur de sa langue agile suivant en douceur les contours de mon membre finirent par le faire gonfler jusqu'au raidissement et la pénétration buccale. Il se rallonge attendant que je le rejoigne. Bien que confus, sans idée, la vigueur de mon excitation me fait franchir le pas. Je monte sur le lit à genoux. Je me pose derrière lui après avoir ôté mes habits. Sa peau est douce. Il se met un instant sur le côté prend de la crème dans une main qu'il étale soigneusement. Il m'embrasse et me caresse. En tenant ses hanches avec mes mains, je contemple

51

son orifice. J'impose ma verge contre son intimité pour avancer en douceur. Je la pénètre en y découvrant sa chaleur.

***

Le réveil sonne, je suis allongé dans le lit de Gaétan qui n'est plus là. Je remets mon pantalon et ma chemise puis me dirige vers le salon. Sa mère est assise et boit un thé. Elle me sourit.

— Bonjour, le petit-déjeuner est prêt. Tu sais où est la cuisine ?

— Bonjour, oui Madame.

— Non ! Appelle-moi Sandrine, ça ira bien, avec un ton légèrement moqueur.

— Logan.

— Enchanté, Logan.

Elle est vêtue d'une robe légère bien taillée. Des yeux bleus expriment une intensité positive qui accompagne son sourire persistant. Je reste quelques jours sans arriver à savoir si cette nouvelle expérience est liée à ma précédente situation ou si j'éprouve un réel intérêt pour lui. Je dois dire que d'une certaine manière, il me plaît, mais j'ai l'impression de ne pas être conscient. Je suis certainement un peu perdu et dans le contrecoup. Quand Gaétan vient vers moi, je le laisse faire et apprécie maintenant les occasions qui se présentent de profiter de son appétit féroce de sexualité. Il aime se faire dominer et j'aime le faire avec tendresse. Nous arpentons les rues de Paris tous les soirs à la recherche de l'inspiration, lui pour ses photos et moi avec mon calepin. Je dois dire qu'il est enfin noirci d'écrits qui cherchent un ailleurs. Je respire du grand air, je pense sans retenue. Bref, je revis. En ce matin du début de notre troisième semaine, Gaétan vient me voir sur le balcon où je fume un bidî.

— J'ai un plan pour travailler à Londres.

— Et ?

— Ma mère veut me faire trouver un job ici.

— Tu veux aller à Londres ?

Il se tourne vers moi en se rapprochant.

— Toi, tu veux y aller ?

— Pour un boulot ?

— Manager !

— Manager ! C'est un bon boulot.

— Je lui ai parlé de toi ! Tu as une place de serveur dans un autre pub du même proprio.

Le fait qu'il ait parlé de moi me fait froid dans le dos, cela sort de mon microcosme ambiant

— Ça se tente non !

Il s'approche, me caresse l'épaule puis entre dans le salon avec un regard déterminé. Je les entends discuter et me garde bien de les rejoindre. Je préfère allumer un second bidî. Le ton monte légèrement puis vint le silence. Je reste un moment et rentre. Sandrine me regarde avec noirceur, figée sur le canapé les jambes croisées sans dire mot. Je reste statique et la fixe à mon tour en cherchant dans ses yeux son ressenti. Pour la première fois, je me sens mal à l'aise dans cet appartement. Le départ en Eurostar est un grand jour. Je suis heureux de ce voyage vers une autre culture. Je pose mon sac et m'assois. Gaétan est déjà sur son portable à travailler ses photos. Je ne resterais certainement pas avec lui. Je le sais, je le ressens. Il a cependant gagné mon estime. Il possède une profondeur et sa sensibilité me touche. Le temps que nous avons passé à élaborer son site Internet et à me faire découvrir Paris a été constructif. J'aimerais le garder comme ami. Bien sûr, cela n'est pas toujours possible. Je devine qu'il a ce même ressenti. Il me parle moins qu'avant et nous n'avons déjà plus le même contact. Ce périple londonien nous attire tous les deux par ses perspectives. Nous voici devenus compagnon de route. Je serais à jamais le détonateur de sa première grande expérience. Finalement, je peux résumer ce passage par la conséquence de la liberté d'un homme et du hasard de la vie.

Chapitre 3
Londres

Je prends possession de ma nouvelle chambre. Elle est malheureusement très petite et me fait penser à l'hôtel miteux de Paris. Cette fois, le velux s'ouvre et offre une vue sur Londres. Je peux me glisser à l'intérieur et en sortir le buste jusqu'aux bras. Un cendrier plein est posé à droite. L'ancien colloc' espagnol n'a pas laissé de traces visibles en dehors de ces mégots de Dunhil. Je ressors de la chambre, Ingrid est assise sur le sofa et lit. C'est une berlinoise qui a un menton fin, des pommettes marquées et des joues lissées typiques des pays du Nord. Ses yeux foncés dégagent de la force. De petits fils retombent du haut de sa robe rouge sur ses avant-bras. Elle se ferme en son dos par une longue tresse de textile et de motifs tribaux. Un décolleté assez profond se finit par des dentelles opaques qui dessinent des vagues et laissent entrevoir une esquisse de ses seins. Ses cheveux sont peignés et lissés sur ses joues. Elle croise ses jambes et me dévoile un pied nu. Je m'assois à mon tour et nos regards sont d'abord hésitants puis s'immobilisent l'un vers l'autre. Après un bref silence, elle pose son livre pour me souhaiter officiellement la « bienvenue », en français avec un léger rire, gênée de son accent. À la fin de l'après-midi, je suis au courant de toutes les histoires de la colloc'. Shae est la plus ancienne et travaille comme moi en tant que serveuse dans un pub très connu où les pourboires sont importants. Encore une année et elle aura économisé suffisamment pour partir à New-York et finir ses études de danse moderne. Candice est française. Elle finit des études de marketing international et, d'après Ingrid, est plutôt fermée. Elle se lève tôt pour revenir tard et ne participe pas à la vie de la colloc'. Ingrid se lève et m'invite à la cuisine, car il est déjà l'heure de déjeuner. Des post-it sont, en évidence, sur ce petit bar, accompagnés d'une coupe de fruit. Ils servent à identifier les propriétaires des différents produits jusqu'aux pommes. De plus, chacun possède son étagère dans le frigo et chacun son placard. Elle me cuisine des œufs brouillés avec de la charcuterie allemande. Je reste assis, de l'autre côté du petit comptoir qui ferme cette cuisine, à la regarder. Avant la fin du repas, j'apprends qu'Ingrid est très amie avec Lucile qui nous a permis de venir sur Londres. Elle sait que je suis avec Gaétan dont elle a beaucoup entendu parler. Sur ce bon repas, je ressens un coup de fatigue. Ingrid est toujours réactive et me répond ouvertement, n'hésitant pas à me contredire ou à exprimer ses opinions sur tous les sujets abordés. Décidément, cette fille me plaît. Elle est entière. Je m'apprête à me coucher quand la porte s'ouvre. Shae ainsi que Candice apparaissent. Shae est grande, fine, très brune et porte des baskets et un jogging. On ressent tout de suite son dynamisme. Elle s'habille toujours ainsi après avoir effectué son service avec une jupe serrée et des talons hauts. Candice est petite, cheveux châtains attachés, son visage et ses yeux dégagent de la rigueur. Candice passe et me sert la main. Shae m'embrasse pour me saluer avec un regard sincère. Je me retrouve donc, bien que pris par la fatigue, à accompagner Ingrid et Shae étendu sur le tapis du salon avec une bière. Les discussions se suivent à un bon rythme sur les petits détails croustillants de la journée ou du service. Je fais bonne figure, place deux remarques humoristiques en essayant d'y inclure un peu d'esprit et finis par prendre congé pour m'affaler définitivement sur le lit.

***

Logan court à travers champs, la maison s'éloignant sur la colline. Il caresse avec ses deux mains les épis de blé sous le ciel bleu azur. Il s'engage sur un chemin, longe le cours d'eau et s'assoie sur l'écluse. De jeunes alvins remontent le courant puis disparaissent dans la turbidité de l'eau.

— *Logan ... Logan !*

— *Oui, papa, je suis là ! Silence*

— *Tu es bien installé.*

Le père de Logan marche et viens au côté de son fils s'asseoir sur le bord, les pieds dans le vide au-dessus de l'eau.

— *Tu aimes cet endroit. Je le sais. Tu y viens depuis que tu cours seul au travers des cultures.*

— *Oui, c'est calme. Y a que moi ici et toujours des poissons, des insectes. Regarde ! Une truite fario !*

— *Je le sais. C'est pourquoi j'ai décidé de garder cet endroit, le consultant m'avait dit d'assécher le cours d'eau tant qu'il était classé temporaire.*

— *Ça veut dire quoi temporaire ?*

— *Et bien, il est à sec l'été et l'eau revient l'hiver.*

— *Mais là, il y a de l'eau Papa.*

— *Oui, nous avons eu un été pluvieux et je n'ai pas commencé à irriguer les parcelles. De toute façon, à te voir ici depuis toutes ces années, je préfère que tu aies ton petit coin plutôt que de produire un peu plus.*

Silence, il reprit :

— *Tu as eu dix ans cette semaine. Nous sommes fiers de toi. Nous savons que tu es grand et tu as notre confiance même si Maman n'aime pas que tu sois seul sur les cultures et encore moins ici avec l'eau.*

— *Oui, j'ai dix ans, je suis bientôt grand et je pourrai t'aider et on travaillera ensemble!*

— *Tu es intelligent. J'espère que tu feras de belles études. Jamais je ne te demanderai de prendre ma place et celle de ton grand-père.*

— *Je t'aime, papa.*

— Je t'aime, fils.
Logan pose sa tête sur l'épaule large de son père et continue de contempler les sillons du courant sur l'eau.

***

Je me réveille soudainement, me rassois puis m'essuie le front humide. Je me sens mal et mon cœur bat fort. Je m'assois finalement contre le lit incapable de penser. Je suis là, à pleurer, sonné. Mon réveil indique cinq heures du matin et je mets un instant à me rappeler où je me trouve. Ah oui, je dois aller au travail aujourd'hui. Après avoir repris mes esprits et m'être relevé, je retire mon t-shirt qui est trempé. Je décide d'aller prendre une douche. J'allume la lumière, prends mon sac et range mes habits offerts par Sandrine soigneusement dans le petit placard du coin. Ils sentent sa lessive. Je glisse le sac sous le lit. Ma chambre se situe à droite de l'entrée. Celles des filles se trouvent de l'autre côté et je peux me diriger vers la salle d'eau en étant sûr de ne déranger personne. Après m'être lavé, je sors sans un bruit pour retourner m'habiller dans ma chambre. Candice sort des toilettes et, un peu gênée, finit par rentrer dans sa chambre sans dire un mot. Encore dans mes pensées, je ne repense pas une seconde à cette situation de nudité et à ce que Candice pourrait en penser ou dire. Je roule une cigarette et fume au travers de mon velux. Londres ne dort pas. Des bruits de fond émergent de ce décor abstrait aux toitures géométriques diverses. Je m'aperçois que l'immeuble voisin est juste à quelques mètres et que, vu la faible pente de la toiture, je pourrais quasiment m'y promener. Il faut se recoucher maintenant, mon rendez-vous avec le manager du pub est dans quatre heures.

***

Pour le premier jour, je suis fatigué en cette fin de matinée. La colloc' se situe à quinze minutes à pieds du pub autant dire pour Londres que j'habite à côté. L'enseigne est

58

classique des bars de Soho, blanche sur un fond vert qui indique « Burning bar ». Je me lance et pousse la double porte en bois massif. L'entrée se constitue d'un hall large qui amène à un escalier central descendant vers la grande salle en contrebas. De part et d'autre, deux petites allées amènent à deux mezzanines du même niveau que l'entrée. Elles sont étroites et l'on ne passe qu'à une personne. Le bar est au fond prenant toute la largeur de la salle et une belle envergure dans ce décor. Il est légèrement surélevé. Il donne accès en ses deux extrémités aux pieds de deux escaliers qui montent vers leurs mezzanines respectives. Ces deux espaces élargis sont occupés par des tables basses et des strapontins. Je descends. Le décor du plafond est composé de divers graffitis et posters exposant des fresques rappelant les spécificités culturelles de ce quartier. Je traverse la salle et les différentes tables rondes qui font ressembler ce lieu à un saloon d'époque. Je fais face au bar. La mezzanine de gauche surplombe une petite scène de concert. Je me rapproche, les instruments sont de bonnes qualités et les enceintes volumineuses. De l'autre côté, un vieux flipper et divers jeux de fléchettes forment un espace de jeux. Super ! Ce site est juste magnifique ! Je vais devoir gagner en endurance avec tous ces escaliers. Je me dirige vers le barman pour lui dire que je suis le nouveau serveur. Il fait son inventaire d'alcool sans se préoccuper de moi. Je m'installe, il est visiblement seul et je n'ai donc pas de doute à avoir. Le nez dans le frigo encastré, il finit par m'apercevoir. Je me présente. Il me serre la main et me demande en français:

— Tu veux un café ?

J'accepte volontiers en le remerciant. Un quart d'heure passe. J'ai bu mon café, mais n'ose pas sortir pour fumer. J'attends donc poliment qu'il finisse son travail en ayant demandé au préalable si je pouvais lui être utile et pris la carte de la maison. Question convenue, mais elle me semble nécessaire envers mon nouvel employeur. Il est brun, très massif. Le t-shirt qu'il porte à l'effigie de son établissement a de la peine à contenir son buste et ses bras. Enfin, il s'assoit. En réalité, au bout de cinq minutes, je suis déjà sûr de me plaire ici. Josh est sympathique. Il m'explique les pièges à éviter et il reste à disposition pour toutes questions. Ce soir, je resterai à l'assister au bar. Je dois me familiariser avec les cocktails et savoir les faire à l'occasion quand personne d'autres n'a le temps. Il ne faut pas hésiter à passer derrière pour s'occuper de ses commandes, et lorsque l'on est derrière, il faut jongler avec les paiements et les nouvelles commandes du bar. En bref, une bonne soirée, c'est « concentration maximale » et le temps qui s'efface. Josh considère un bon service comme un sprint de sept heures. Je le suis. Nous passons la petite porte à droite du bar et l'arrière-salle se présente. Un bureau se tient sur ma gauche et la porte ouverte des vestiaires au fond. De nombreux posters remplissent les murs. Je m'arrête devant une photo d'une immense statue qui brûle en pleine nuit.

— What's that ?
— The Burning Man !?

Il me tend mes nouvelles affaires, en fait deux T-shirts identiques au sien, et m'ouvre mon casier en me donnant le code. Il s'assoit à son bureau, sort des feuilles d'un des tiroirs et me les tend. Il s'agit de mon contrat de travail. Nous le signons en deux exemplaires et il me donne rendez-vous pour dix-sept heures.

***

Les deux premières semaines passent à vive allure, et je connais désormais bien mon travail. La colloc' est parfaite, chacune des filles a son propre caractère et finalement, Candice s'ouvre de plus en plus. On discute la nuit dans ma chambre de la France et du monde qui nous entoure. Elle me prévient qu'Ingrid a compris que je m'intéresse aussi aux femmes et que je dois faire plus attention. Bien que, d'après elle, c'est une « petite salope » qui aime qu'on regarde dans son décolleté. Les Allemandes sont entreprenantes, aussi elle me conseille de ne pas me faire d'illusions. Je le saurais déjà si elle était, elle aussi, intéressée. On finit notre discussion du soir avec un rendez-vous demain à vingt heures devant son université. Ma journée de repos passe bien trop vite, nous trouvons un moment avec Gaétan pour visiter Camden Town puis l'après-midi le sommeil s'impose. Je me demande toujours pourquoi elle m'a invité. Peut-être a-t-elle besoin de montrer qu'elle a une vie sociale à ses amis. Je la retrouve habillée d'un petit gilet avec l'écusson de son université et d'une jupe noire à hauteur de genoux sous une épaisse parka ouverte. Bien qu'elle dégage une certaine rigueur, c'est plutôt mignon. Elle m'embrasse et me remercie de ma venue. Il s'agit, en fait, de ma première soirée non travaillée et les dernières semaines m'ont fatigué. Je me sens vidé. Nous nous engageons alors sur un petit chemin au travers des espaces verts de la fac'. Les bâtiments sont anciens et témoignent de la grande richesse culturelle de Londres. Nous arrivons en contournant le bâtiment principal puis d'autres jusqu'à une salle. Elle dit bonjour aux deux personnes qui gardent l'entrée puis montre une carte. Nous rentrons et à ma surprise, le lieu n'est pas surpeuplé, bien au contraire. Seulement une dizaine de femmes, accompagnées ou non se trouvent là. Les tenues sont identiques et les bracelets qu'elles portent toutes témoignent d'une appartenance à un club étudiant. Je n'arrive pas à y déchiffrer les lettres qui s'entremêlent en un symbole. Je suis alors retiré de mes rêveries par une jeune femme blonde, habillée, elle aussi, de manière conventionnelle à l'exception de son bracelet qui est d'une autre couleur.

— Je te présente Shirley, notre présidente.

Les uniformes restent toujours assez attirants malgré le troisième millénaire. Certainement causé par les transmissions du passé de père en fils ou alors peut-être que nous n'avons simplement juste jamais changé. Arrivé au cocktail, je me fais servir et remercie cordialement.

— Pourquoi elle fait le service ?

— C'est une nouvelle, elle est arrivée cette année chez nous

Je décide de ne plus poser de question. En me

retournant et contemplant la salle déserte et les quelques convives en discussion, je me sens coincé par cette situation corrélée à ma fatigue qui se mue en assoupissement inévitable. Je fais le maximum pour faire bonne figure. Le temps passe et la petite blonde qui m'a accueilli prend la parole. Elle sort quatre petits verres et prend des papiers posés au creux d'une assiette. Candice se rapproche :

— J'ai écrit ton nom aussi, on est marqué en couple.

Voilà une situation qui m'extrait instantanément de ma torpeur. Je me demande où je suis tombé. Les noms sont tirés au hasard et placés équitablement dans chaque verres. Derrière ses verres, une bouteille d'alcool différente est posée puis je remarque les autres dans un sac à côté de la table. Une bouteille de vodka, une de rhum, du cognac et l'autre de whisky. Candice précise :

— J'espère qu'on ne tombera pas sur la vodka, le mois dernier, j'étais malade.

Il semblerait que nous allons boire. Je suis Candice toujours épris d'une pleine curiosité. La présidente me demande si je peux prendre le sac qui se situe sous la table des cocktails en me regardant avec un beau sourire et me caressant le bras. Là, je dois avouer qu'elle commence à m'énerver. Dommage, elle n'est pas avec nous. Je m'exécute et finis par porter un sac rempli de bouteilles, je n'aurais pas mieux choisi par moi-même. Enfin, en me rapprochant de Candice, je soulève une petite poche du fond. Elle est très légère et je touche pour voir ce que c'est. Oh, pas possible ! Je l'ouvre pour m'en assurer. Mince, ce sont des préservatifs ! Je dirige brutalement mon regard surpris vers Candice qui l'attendait déjà avec un léger amusement.

— Tu ne connais pas les « dorm room party » ?

***

Deux heures du matin, le service n'est pas fini et je suis exténué. La soirée de la veille avec Candice et la difficulté à trouver le sommeil ensuite ne m'ont pas permis de récupérer. Josh m'a déjà regardé plusieurs fois ce soir et, sans qu'il ne dise rien, j'ai compris que mon rythme est insuffisant. Je suis avec Peter pour la coupure de deux heures, cinq minutes de pause pour quatre heures de travail.

— C'est dur ce soir. Tu as les yeux fatigués.

— Je n'ai pas dormi.

— Moi non plus !

— Comment tu fais pour avoir de l'énergie et le sourire ?

Il se fige un instant, son regard est lointain, puis:

— J'ai un peu de cocaïne, tu n'en as plus ? Avec un air étonné.

— Non ! Je n'en prends pas !

— OK, viens avec moi.

Il écrase sa clope et rentre. Surpris, je finis par réagir et le suis en traversant le bar qui envoie « Voodoo Child ». Je me pose la question :

— Est-ce que tu as vraiment envie de prendre ça ?

Nous passons la porte et arrivons à son casier. Il sort un petit papier cellophane avec une boule blanche à l'intérieur. En quelques secondes, une pépite est écrasée avec sa carte de crédit sur une pochette CD, et quatre lignes sont formées. Il prend un papier, m'en tend un autre, il l'enroule et renifle deux traits avec une narine puis l'autre en un aller-retour.

— Elle est parfaite, elle vient d'un ami hollandais, super !

Je m'installe à sa place, la tête dans le casier et effectue le même mouvement par mimétisme. Il ferme son casier et disparaît pour faire la fin du service, à peine le temps de le remercier. Je reste là, je sens le goût qui passe derrière mes sinus et descend lentement dans ma gorge. Puis je frotte mon nez qui a perdu toute sensation. Pas le temps de réfléchir, je cours finir mon service. Quatre heures du matin sonnent et après la sortie du vestiaire de tout à l'heure et la montée de l'escalier pour prendre mes commandes, j'ai perdu toute notion du temps. Je suis devenu une machine. Je suis accoudé au bar, car je suis le premier à être prêt pour partir. Nous fumons toujours ensemble une dernière clope à la clôture. Josh me regarde avec humour.

— C'était dur ce soir, non ? Tu t'es bien ressaisi.

Nous prenons le temps de nous dire au revoir et je me rapproche de Peter pour le remercier à nouveau. Il me demande si j'en veux d'autre en me glissant le reste dans la main avec son petit air malicieux. « Pour finir la soirée » ponctué par un clin d'œil.

Je regarde combien de pourboire on a partagé, trente-cinq livres chacun.

— Donne-moi vingt ça suffit.

Je ne pensais pas en prendre, mais vingt livres, ça me laisse de quoi manger pour demain, et je souhaite vraiment le remercier donc je lui glisse les billets dans la main. Je me dis qu'il pourra la garder et que ce soir, je dors. Mon téléphone vibre :

SMS : Tu viens ce soir ? J'ai fini plus tôt.

Gaétan ! Je crois que ces derniers jours, je l'ai complètement oublié ! Je lui réponds que j'arrive et que je dors chez lui ce soir. C'est juste un peu plus loin que la colloc'. Les rues de Londres sont bien vivantes à cette heure tardive où quelques groupes sont restés pour finir la soirée. J'arrive en vingt minutes au pied de son immeuble. Décidément, je tiens une forme extraordinaire. Les escaliers défilent et je frappe à sa porte. Il ouvre, et retourne sur son sofa.

— Alors, plus de nouvelles. Londres commence à te prendre tout ton temps.

Je me décide à lui raconter ma soirée. D'abord surpris, voire un peu vexé, il finit par se détendre en fumant son joint et nous voilà tous les deux allongés à se marrer.

— Cette Candice, c'est la plus folle de ta colloc' ! Can-di-ce.

Il répète son prénom qui s'envole dans la chambre. Il continue :

— Même si elle cache bien son jeu, je suis sûr

64

qu'elle ne baise pas comme moi.

Je me retourne alors vers lui avec un sourire. Il me retire mon pantalon et je devine la raison de ce petit texto. Je lui prends la tête avec ma main et lui caresse ses cheveux longs frisés. Il reste sur moi et me parcours le corps avec sa langue. Je me rallonge sur le dos et laisse libre court aux frissons qui me traversent pour finir le joint et lui offrir mes dernières forces. Le temps de jouir dans un profond apaisement proche d'une méditation, je m'endors.

***

Les soirées s'enchaînent et se ressemblent. Plus le temps passe plus je suis occupé. Grâce au soutien de Peter, je commence à m'accoutumer aux divers « afters » londoniens aidé par l'énergie de ce que nous partageons désormais régulièrement. L'écart entre mes déboires parisiens et cette ascension londonienne est trop important pour être raisonné. Je ne souhaite plus que profiter de cette nouvelle situation.

Mon téléphone sonne, je me réveille dans un grand appartement, regarde mon smartphone. Mince, je vais être encore en retard au boulot. En tournant la tête, je vois qu'une jeune femme est endormie sur mon bras. Je ne la reconnais pas et, à vrai dire, je ne sais absolument pas où je suis. Je me lève, me rhabille et traverse cette grande pièce aux baies vitrées. Le panorama est extraordinaire. J'aperçois en contrebas la vie qui se déroule autour des commerces et au coin de la rue, un petit marché. En cherchant la cuisine ou la salle de bain pour boire de l'eau, je tombe sur Peter, endormi par terre le long du mur, la chemise ouverte.

— Eh, c'est l'heure… Oh, Peter !

Je lui remue le bras en me penchant vers lui. Ces yeux s'ouvrent brusquement vers moi et se referment avec l'expression qui témoigne de sa gueule de bois. Je trouve la cuisine, un verre sur un comptoir transparent et me sert de l'eau. Je devrais prendre une douche, mais pas le temps. Je devrais me raser, mais pas le temps non plus. Peter émerge, se lève et se dirige vers moi. Je remplis mon verre à nouveau pour lui tendre, mais il refuse.

— C'est l'heure d'aller au boulot.

— Non Logan, c'est pour ça que tu me réveilles ! Je t'ai dit hier soir que Josh m'a viré !

Je reste statique, pris entre les difficultés à me rappeler la soirée et la nouvelle d'aller au taf tout seul.

— Appelle Josh. Dis-lui que t'as un imprévu, mais que tu arrives. Je l'ai fait mille fois ! Regarde ! J'ai toujours le numéro. Allez, bon courage !

Il me laisse son téléphone et repart se coucher sur le divan de l'autre partie du salon. Josh n'a quasiment rien dit.

— C'est la première fois, mais fais attention !

Donc tout est « OK » et finalement, mon horaire d'aujourd'hui est changé avec une autre collègue. Josh avait déjà anticipé. Il reste deux heures devant moi. Cet appart' est incroyable. Le duplex offre une pièce immense, accompagnée dans sa longueur par une baie vitrée. Un mur en briques rouges apparentes traverse la moitié de la pièce pour dissocier la chambre du salon. Je retourne à côté du lit et regarde à nouveau cette femme. Des souvenirs commencent à ressurgir et je la revois dans le pub venir avec Peter et d'autres amis pour aller à l' « after » dans cet appartement qui était plein à craquer ce matin. Sandy, ça y est, ça me revient. Elle est recouverte d'un simple drap qui dévoile la forme de ses fesses. Elle est juste magnifique. Mon téléphone indique plusieurs messages et je n'ose pas les lire, car je me doute de qui ils arrivent. Il va falloir que je me maîtrise ou que je m'organise. Sur la table de chevet de son côté, je prends une clope du paquet ouvert. Je traverse l'appartement et me dirige vers la partie extérieure, une terrasse surplombe la ville. Dieu que le propriétaire doit être riche ! Je reste là, impassible, fumant sur un transat et fixant un arbre dans un pot. J'ai la tête vide mais pleine de substances. Je ressens mon cerveau. J'oscille entre la migraine et de légères sensations de vertige. Il me faut vite trouver quelque chose à manger.

***

Les rues défilent. Je prends mon temps. Sandy a programmé le GPS de la Lexus en français et pré-enregistré toutes les adresses. J'allume une clope à un feu rouge. Encore deux croisements et je m'engage dans le sous-sol de son bâtiment. La voiture garée, je traverse un parking bien éclairé. L'ascenseur me dirige avec un fond de jazz new-yorkais au cinquième. Les étages ne comportent que deux paliers et leur aménagement est de qualité. J'ôte mes chaussures et me dirige au salon pour prendre un verre de whisky. Un autre homme se trouve dans le lit. Je reste statique et finis par me décider à boire mon verre. Sandy arrive en simple chemisette, ses cheveux d'or ébouriffés.

— Bonjour, Logan.

Elle m'embrasse furtivement et se redirige dans le lit.

— Hey, how are you! Me lance l'inconnu.

Il est noir, les cheveux rasés courts et des boucles d'oreilles scintillent aux rayons du soleil levant. Je lui renvoie son salut et me dirige vers la terrasse. Les idées et sensations de vie facile qui sont nées au retour de l'« after » au volant de cette voiture, viennent déjà de mourir. Sandy renvoie son partenaire de la nuit, se met un manteau, me regarde en prenant une Marlboro. Elle vient à ma rencontre.

— Ça va ?

— Oui, tu es libre.

— J'ai senti… de la frustration !

— Eh bien, j'ai toujours pensé que tu étais libre, mais pas forcément de cette façon.

Elle hésite à répondre, cherche certainement plusieurs angles d'approche pour continuer la conversation. Je suis vexé, c'est vrai. Cependant, je me refuse à le laisser paraître. Sans vraiment y réfléchir, je ressens le besoin de la prendre dans mes bras. Puis après avoir repris ma clope :

— C'est moi le number one ?

— Bien sûr !

— Moi je suis libre aussi alors ?

— Oui.

— Bon, et bien on en est où dans cette belle matinée ?

Elle se détend enfin, et finit par me caresser les cheveux et ne plus me lâcher. On s'allonge ensemble sur un transat. Je contemple ce ciel printanier découpé de nuages fins. De l'air frais enveloppe mon visage. Sandy se relève et roule un blunt sur la table basse. Les nuages continuent de m'hypnotiser. Elle se penche sur moi, place le pet à l'envers dans sa bouche en le maintenant avec ses dents et souffle en une grande et profonde expiration. Je prends la fumée, la prends encore jusqu'à saturation de mes poumons. J'expire en un effort brusque et finis par tousser légèrement. Un voile passe et balaye mes dernières lucidités par un sommeil profond.

***

Encore une soirée de travail bien remplie. Une vraie nuit de sommeil devient indispensable. J'envoie un texto à Gaétan et Sandy.

SMS : Je dois dormir un peu, pas de fêtes ce soir, bises.

Pas de réponse pour l'instant, pendant mon attente Josh ferme le pub puis vient vers moi. Je lui tends la main, mais il ne me la sert pas tout de suite.

— Je suis ennuyé, Logan. Silence

— Depuis deux semaines, ton travail est insuffisant, je te laisse la semaine pour chercher autre chose. Mais notre collaboration se termine.

— Se termine...

Josh se retourne pour prendre la route et disparaître au carrefour. Mince, pourquoi ne pas avoir réagi. Je n'ai rien dit pour me défendre, ou pour essayer d'invoquer une seconde chance. Mes idées sont floues et j'ai bien peur d'avoir du mal à dormir à présent. Changement de programme ! J'appelle Gaétan :

— Bonjour, tu as fini ?

— Je finis les comptes de ce soir.

— On se voit après si tu veux ? J'ai un changement de programme ?

— Euh, non pas ce soir, je vais me reposer un peu. J'ai besoin de me retrouver et la soirée a été dure, j'ai un serveur qui nous a lâché. On se rappelle ?

— OK, pas de problème, bonne nuit.

— Bonne nuit, Logan.

C'est la première fois que Gaétan refuse de me voir. Bon, je ne souhaite pas m'enfoncer dans une situation critique. J'appelle Sandy.

— Eh, ça va ! Changement de programme, je suis libre, tu es où ?

— Euh, vu ton message, je suis déjà avec quelqu'un ce soir.

— Ah, OK. On se voit demain soir. On pourra se faire un resto.

— Désolé Logan, mais mon père revient demain de Shanghai et il va falloir faire une petite coupure cette semaine. Je te rappelle.

La musique m'empêche de l'entendre correctement, puis j'entends quelqu'un l'appeler.

— À bientôt, Logan.

Je m'assois sur la marche et m'adosse à la grande porte d'entrée du pub. De la rage m'envahit puis s'effondre en lassitude et tristesse. Les larmes apparaissent et mon regard reste fixe. Le vent me ressaisit, il faut aller à la colloc' maintenant. La marche est silencieuse, comme si Londres arrêtait sa vie à mon passage. Comme si ces gens croisés au hasard des rues étaient tous gênés pour moi de cette situation et me regardaient avec de furtifs regards moqueurs. Leurs paroles chuchotées deviennent des messes basses à mon encontre. Je baisse les yeux et la tête lorsque j'en croise. Je monte l'escalier. J'avais oublié la vétusté de ses marches en bois qui craquent sous mon poids. La porte se présente, les filles discutent derrière. Bien, une grande respiration et un sourire de circonstance, je franchis le pas.

— Bonsoir, les filles, comment allez-vous ?

Je ne vois que de la surprise dans leurs yeux. Ingrid finit par répondre :

— Eh bien, tu connais toujours l'adresse finalement !

— Bien sûr, j'ai juste été pris par les événements et quelques rencontres.

Shae reprend :

— On t'a appelé à plusieurs reprises pour voir si tout allait bien, sans réponses… On s'est inquiété nous !

— Ah, euh, je ne pensais pas que vous vous inquiéteriez, désolé.

Candice se lève du petit divan :

— Ce n'est pas grave, tu fais ta vie apparemment. Salut les filles moi, je vais me coucher.

Elle passe devant moi pour aller dans sa chambre sans détourner son regard. Ingrid et Shae font de même. C'en est trop pour ce soir. Ce n'est pas possible ! Je vais dans ma chambre, me déshabille et retrouve un petit lit devenu bien austère.

***

Le réveil est difficile, j'étire tous mes membres et me lève. Que s'est-il passé ? Tout vient de s'écrouler. Le moral est faible. Je n'ai pas la force d'aller travailler. Je vais dans la cuisine prendre un café. Shae se prépare en prenant son petit-déjeuner. Elle ne me parle pas et je suis trop mal à l'aise pour entamer la conversation !

— Bonjour !

Elle lève son regard vers moi en un quart de seconde et me répond :

— Hé, sans intérêt.

Mince, je n'ai plus de café. Je n'ai plus rien du tout à vrai dire. Sentant son regard vers moi lorsque je regarde un paquet ouvert, je retourne dans ma chambre et ferme la porte. Je m'assois et essaye de rassembler mes esprits. Où en suis-je arrivé ? Soudain, je repense à mon sac, me couche pour regarder sous le lit. C'est bon, il est bien là. J'appelle Josh :

— Bonjour, euh, je n'arriverai pas à travailler cette semaine dans ces conditions, navré Josh ?

— Bon, viens chercher ton chèque à dix-sept heures.

— C'est fini ?

— Oui, c'est fini.

Bien, je fouille dans mes poches et mon portefeuille, de nombreux papiers de toutes sortes, de quoi faire un petit tas. Je prends la poubelle pour faire un tri des nombreuses factures de restos ou de bars et des petits mots que me laissait Sandy lors de mes arrivées tardives. Tiens, un numéro de téléphone avec écrit Yann et une adresse dans le Finistère. Ah oui ! Ça y est, nous nous sommes rencontrés au Pub et on avait discuté toute la soirée. Il m'a invité pour faire des « sons ». Bon, le temps de ranger mes quelques affaires, il est l'heure d'aller chercher ce chèque. Sept cent cinquante deux livres, je vais à ma banque londonienne et fais le point sur mon compte. Trois mille cent trente livres. C'est vrai que je n'ai rien dépensé ces dernières semaines, car Sandy payait tout et ne s'en souciait pas le moins du monde. Bon, ça me fait quasiment quatre mille euros de côté. Si je compare à mon arrivée, ce n'est pas mal du tout. Mon loyer est de quatre cent vingt livres, j'ai un peu de temps, mais il me faut retrouver vite un emploi.

***

— Allô !

— Bonjour, Maman.

— Logan ! Logan, mon chéri ! C'est bien toi !

— Oui, c'est moi Maman.

— Logan, pourquoi tu ne m'appelles pas ! Je m'inquiète tous les jours pour toi ! Tata est venue vivre ici. Je suis à bout Logan. Elle pleure.

— Maman, … Maman ? Je suis désolé, j'ai eu besoin de partir. Je t'ai écrit une lettre pour te le dire, tu l'as bien eue. Allô ?

— Logan ! C'est Virginie. Tu n'as pas honte de faire

ça à ta mère après ce qui s'est passé ? T'as intérêt à revenir dare-dare. Tu es un petit con ! Sa mère reprend le téléphone.

— Tu es où ?

— Je suis à Londres.

— A Londres ?!

— Oui, je t'appelle pour te dire que tout va bien. Je suis désolé, mais j'ai eu besoin de partir. J'ai besoin d'être seul. Maman, je viendrai te revoir bientôt, c'est promis. Un silence passe. Logan entend sa tante pestiférer en répétant la fin de sa phrase.

— Logan, je suis contente de t'entendre. Je m'inquiétais beaucoup, tu sais ! Bien, tu as besoin de solitude… Je ne peux pas t'en vouloir d'être bouleversé, mais n'oublie pas que je suis là, que nous avons besoin d'être ensemble dans cette épreuve…

— Oui, je suis désolé Maman.

— Bon, … Et bien à bientôt alors, conclut sa mère avec une voix résignée.

***

Je cherche un emploi durant la semaine, sans succès. Gaétan et Sandy ne répondent plus et les filles de la colloc' m'ont demandé de partir pour laisser un « ami » prendre la chambre. Bien, le train est à l'heure. Je décide d'appeler Yann arrivé à Paris pour pouvoir acheter le billet sur place selon la destination. J'appréhende le retour chez ma mère et espère qu'il s'agit du bon numéro. Il serait aventureux de me présenter là-bas sans prévenir. Enfin assis, je sors machinalement mon calepin. Cette situation est suffisamment désastreuse, j'espère qu'elle m'apportera au moins de l'inspiration :

Le bonheur, c'est faire l'amour à la vie ?
De façon consciente, le lit du présent
Le coussin du confort et la couverture des habitudes.
Navrant ! Cher Bonheur qu'ai-je pensé en ton nom !

72

Utopie, pourquoi devrait-il y avoir des débuts et des fins,
Le rébus du langage
Idéogrammes dépersonnalisés
Venus de nos faibles propensions à l'écoute
Coincé entre soi et l'autre,
Vaine dulcinée...
Je t'ai rêvé,
Pris avec fougue à ta venue et perdue.
Puis pris de panique
Entrer à nouveau dans la matrice
Bienvenue aux raisonnements déshumanisés
Les hommes malgré leur meilleure volonté restent
imparfaits,
Inaboutis aux sensibilités de leurs extrémités
Nous ne sommes qu'un centre de gravité
Je suis venu et j'ai d'abord ressenti cet élan de fraternité
Perdu au large d'un horizon enneigé
J'ai suivi vos traces
Bref, le traqueur de l'homme ne peut se trouver.
Ensuite, je n'ai plus compris ?
Abstraction ou am stram gram...
Chacun se pensant au travers des autres et vivant de
contextes trop sûrs.
Les hommes ne sont que des dieux ou des bêtes
La sensibilité par la conscience n'est pas une muse
Elle est une sirène qui te mène à ton propre reflet
Ou nombril
Bien que le lien cupide de sa pensée et de sa raison
N'amène que des mirages
Nous progressons encore davantage
Que faire, une fois les pieds à l'horizon
Et le temps ayant recouvert nos traces ?
Croire en soi !
Quelle facilité d'esprit !
La nature n'admet pas l'échec et pourtant...
Ah, que je suis heureux de te connaître toi qui

m'autosatisfait de tes imperfections
Je vois ! L'homme n'est pas un être
Le roseau est bien plus lui-même
Dans sa perfection de fonctionnement sans préjudice
Une saine compétitivité vaut mieux
que la condescendance
Le temps de faire !
Et je me perds
Puis me repense
Puis m'alimente enfin
et retrouve un bonheur fugace
Bonheur ! Bonheur ! Bonheur !
Je suis jeune, il est vrai

Il s'agit d'un texte brut, mais je crois qu'il correspond parfaitement à ce que j'ai en tête. Je mets mes oreillettes et choisis Ravi Shankar.

Chapitre 4
Finistère

Arrivé à la Gare, j'appelle Yann. Il est en vacances et, heureusement, se souvient bien de moi. Surtout, d'ailleurs, de l'« after » dans lequel nous avons été. Une fois le trajet et l'installation dans ma nouvelle chambre effectués, je pars faire quelques courses et Yann me donne rendez-vous au pied de l'immeuble à 22 heures. Les premières sensations tournent vers l'apaisement. Quimper est une ville où le calme ambiant est bénéfique après les quatre mois passés à Londres. Yann conduit, accompagné de deux nouveaux amis, nous descendons le Finistère. Mon « premier son » ! Je suis excité et anxieux. Tom, un de mes compagnons de route, décide de mettre Adrénaline des « Deftones », pour aller au son Tech'. Je trouve la situation remarquable et admire l'amplitude de la musique et les ponts entre ses différents styles.

— Où on va ?

— Au « Scaphandre » c'est à Quimperlé.

Je regarde passer la nuit et quelques cigarettes plus tard, nous arrivons. Un parking entoure ce lieu et je vois la diversité des personnes présentes. Un joli balai de voyageurs ayant des vans et camions pour escales. Mon cœur se sert. Yann se retourne vers moi, me tendant la main fermée. Elle s'ouvre soudain sur mon ignorance. Cinq petites pilules ou cachets de couleurs différentes. Il m'explique consciencieusement les effets divers puis :

— Celui-ci, c'est le plus soft. Ça rend un peu love. Un petit signe M surplombe ce cachet rose. J'effectue donc ce choix qui me rassure un peu au-devant de cette nouvelle aventure. Nous rentrons à présent et mes collègues se fondent vite dans la masse. Le son Hard Tech' rageur résonne. Yann reste un instant à mes côtés comme un guide personnel. Je l'observe et sens monté en lui une force irrépressible.

— Vas-y ! Je vous rejoins.

Il disparaît à son tour. Une demi-heure plus tard, je suis toujours là. Le cachet ne me fait absolument rien. Une décision doit être prise, alors je me lance dans le son. Je regarde toutes ces personnes et remarque des pieds cloués au sol et des jambes transcendées. L'inspiration du moment me fait bouger les mains comme si je tapais sur une percu' au rythme de la Tech' et là, la danse de mes mains me paraît tout à fait trippante. Le son évolue et évolue encore. Les nouveaux bits m'entraînent irrémédiablement vers un état second. Je suis complètement dans le son. Il traverse mon esprit et je n'ai plus qu'une envie, qu'il me traverse le corps. Sans m'en être rendu compte, plusieurs gars se sont installés derrière moi. L'un d'entre eux me regarde, puis l'autre. Nous échangeons des sourires spontanés et de nouveau, je rentre encore plus dans le son. De sourire en sourire, je finis juste en face du mur de son. Le maillot vert que Yann m'a offert brille. Mes mains ! Je ne les sens plus ! A bien y réfléchir, je ne ressens plus mon corps non plus. Juste des infra-basses qui me caressent de l'intérieur. Les mêmes gars sont toujours derrière moi, je crois qu'ils me suivent car je suis dans une forme de transe, ils prennent la vague. Sur un instant d'ouverture sur le monde qui m'entoure, je constate qu'un homme est accoudé sur une enceinte. Je me rapproche pour le saluer en arrêtant mes gesticulations du moment. Il est âgé, ses cheveux hirsutes et une longue barbe drue ne lui laissent que ses yeux pour l'expression de son visage. Il me tend un pet, de l'herbe fraîche, tellement, que j'ai l'impression de respirer pour la première fois.

— « White widow », essaye-t-il de me glisser à l'oreille en hurlant.

Finalement, je reste un peu avec lui pour partager la « vibe », mais il n'est pas plus bavard et repart dans son trip.

Un nouveau jour pour un nouveau son, nous arrivons au « Surf » de Douarnenez. En début de soirée, je rencontre une jeune teuffeuse, bien à mon goût. Malheureusement, je remarque vite qu'elle est au goût de tout le monde. Elle vient me voir. Je reste cordial et essaye de ne pas paraître direct accroc. Cet endroit est incroyable, après avoir commencé la soirée avec un « crocodile blanc », nous voici autour d'une table. Chaque table ressemble à un petit monde où l'on peut voyager. Je me retourne et aperçois un gars seul. Je l'invite et il s'assoit. Il est jeune, mince avec des cheveux bruns assez court. Nous débattons ainsi de spiritualité pendant que Sydney prépare des rails sur la table. Il me demande si je connais :

— « L'herbe du diable et la petite fumée » de Carlos Castaneda.

Je lui réponds que non et il m'écrit les références sur un bout de papier. Je lui demande son phone pour une future soirée dans le coin. Il me le donne et se lève pour aller à la table suivante.

L'aube nous ramène ensemble à la voiture. Mince, la bière est tiède. Tant pis, j'ai trop soif ! J'ouvre la « valoche » de plus de soixante-dix bières Made in Bretagne et décapsule ma bière avec mon briquet. Nous voici tous servis, en cercle pour entamer une discussion à l'arrière de la voiture ouverte. La musique est au maximum, « spiral tribe » je crois. On m'explique la légende de ce « sound system » qui serait descendu d'Angleterre après une teuf en plein Londres. Une spirale en pierre effectuée sur l'un de leur son aurait donné leur nom. Ils seraient maintenant en Espagne, car interdit de séjour en Angleterre et en France, voici le contraire d'une légende urbaine. Yann me sourit jusqu'aux oreilles en me faisant remarquer que j'ai fini la soirée à danser sur le mur de son. Sur lequel j'aurai grimpé en sautillant comme une puce par bons d'un mètre cinquante. Mes nouveaux amis discutent sur ce point et mes performances varient d'un récit à l'autre. Je me marre et y trouve un bonheur ponctuel. Sydney revient vers nous. Elle est suivie par deux gars et semble assez énervée depuis que je la regarde de loin. On dirait qu'elle vient de nouveau vers moi. Nous avons bien discuté cette nuit et elle s'est mise à côté de moi à plusieurs reprises pour que des gars la lâchent. Elle a choisi ce surnom, car elle n'assume pas son vrai prénom. Elle arrive. Oui, c'est bien moi qu'elle vient voir. Elle se met contre moi en glissant une main dans la poche arrière de mon pantalon. Les deux gars restent un peu, mais finissent par partir. Je suis surpris de voir Yann avec le même regard perplexe qu'eux. Je comprends soudain qu'il était aussi intéressé. J'espère que cela ne posera pas de problèmes entre nous. Bref, nous voici sur le départ et Sydney est invitée à nous accompagner par les gars, ce qu'elle accepte. Tout le monde s'installe. Je contemple ce lieu une dernière fois pour me forger un souvenir. Un homme et une femme cherchent partout quelque chose. Ils se penchent sous les voitures, fouillent les buissons, inspectent chaque recoin de ce parking. Puis je remarque un nouvel homme qui effectue ce même rituel plus loin. L'homme le plus proche se lève et me regarde. Nous restons là quelques secondes et finissons par reprendre nos activités respectives. Je suis choqué. Cet homme ressemble à un zombie. Ses yeux rougis et son teint blême passeraient inaperçu dans « the walking dead ». Sydney passe son bras autour de mon cou et pose une jambe sur la mienne.

— Ce sont des gens perchés. Ils cherchent des « prods » qui auraient pu être perdu sur le parking.

Je ne réponds pas et reste dans mes pensées.

***

Après une nouvelle soirée au « Melting pot » et sa soirée Trans/Goa en bord de plage, Yann emmène notre petit groupe chez un ami non loin de là. Il possède beaucoup de matos pour le surf. Nous finirons l'«after » là-bas, sur une autre plage plus isolée.

Arrivé chez Poupou, je choisis de prendre sous ses conseils avisés, un body. Le surf s'improvise mal sur un «

after » et là, il y a de la vague. J'enfile une combi', trop petite pour moi, comme une anguille. Je remets mes chaussures et nous voici prêt. Sydney préfère rester sur la plage. Poupou nous salue, partage un dernier joint et un café avec nous avant de retourner dans son atelier. Il est sculpteur sur bois. Quel bonheur ! Que dire à cet instant où je fais face à la mer ? Le vent me caresse. L'océan gronde. Les vagues dessinent des reliefs harmonieux, puis blanchissent en se rapprochant de nous pour s'écraser et déferler jusqu'à mes pieds. L'eau stagne un instant, frémit puis disparaît au travers des galets polis par les ans. J'aimerais tant pouvoir écrire maintenant, mais je ne peux pas, il faut être dans le « faire », rester dans l'action. Je dois vivre ce moment dans sa complétude, l'harmonie de son être épousant un moment de vie si beau que l'on est parfois déjà nostalgique du fait de son aspect éphémère.

— Tu n'y vas pas ? Me demande Sydney, qui a fait tout le chemin inverse, surprise de ma sclérose.

— Si, j'arrive, c'est juste trop beau.

Elle acquiesce et nous longeons la mer pour rejoindre l'endroit où nos amis ont choisi de surfer. Yann ressort et prend du temps pour m'expliquer comment passer les vagues jusqu'au mur. Je suis soulagé de voir qu'il n'a plus l'air de m'en vouloir pour Sydney. Après, lorsque les vagues ne cassent plus, je devrais me reposer et attendre de voir la plus importante pour me lancer car je n'ai pas de palmes. À peine, le temps de gamberger et nous voici dans l'eau. Je le suis et constate que le body est difficile à manœuvrer. Lorsque Yann plonge la tête sous les vagues, je fais de même. Malgré toute ma volonté, il prend le large sur moi. J'arrive enfin derrière le mur au prix d'efforts incroyables. Yann a dérivé un peu plus loin et me fait un signe de la main que je lui rends. Je reste accroché à mon body et regarde des têtes qui défilent derrière les vagues. Me voilà bercé. Cette violence que je viens d'affronter m'a ouvert un monde de douceur, de quiétude. Je finis par me relaxer totalement. Il faut que je me ressaisisse.

Regardons les vagues arriver. J'attends, attends encore pour enfin l'apercevoir. Elle est là ! Si imposante qu'on ne voit plus celles de derrière à son approche. Les conseils de Yann ressurgissent, je me mets en position, commence à battre des jambes et à tirer avec mes bras, puis j'intensifie mes mouvements à son arrivée. Je suis d'abord soulevé, puis l'adrénaline m'aide en un dernier effort à entrer dans cette vague avec un coup de reins qui me propulse, tête la première, dans un nouveau monde. La force est colossale, je m'accroche, me mets de côté et lutte pour continuer mon chemin. Le rouleau faiblit et casse complètement. Je ne vois plus rien, me voici brassé et aveuglé. Puis, elle me laisse pour passer devant moi. En me retournant, je ressors la tête de l'eau et la nouvelle vague m'empêche de respirer. Heureusement, je suis amené au rivage à temps et je me relève pour prendre une grande respiration. Je suis lessivé. Un de mes genoux saigne d'une rencontre avec un galet lorsque je me suis fait écraser par la seconde vague. Je décide alors de me poser à côté de Sydney. Je m'allonge. Elle m'observe. Je me lève, enlève ma combi' avec les dernières forces qu'il me reste et me rhabille sans me cacher. Une fois assis, je la prends dans mes bras et nous nous embrassons enfin. Il est onze heures du matin lorsque nous repartons chez Poupou. Sydney me propose de rester avec elle. Elle habite sur Landerneau et pourra me poser à Quimper en allant au boulot. Nous fumons ensemble une dernière clope sur le parking du « Melting Pot » déserté. Je remercie vivement Yann pour cette soirée de trois jours. Il en rigole et repart avec un air malicieux pour me faire comprendre ma chance avec Sydney. Cela m'ennuie, mais Sydney me prend le bras et me lèche l'intérieur de l'oreille. Bien, mon sac attendra. Nous montons dans sa 205. J'ouvre la fenêtre et cherche mon paquet, mes deux dernières clopes sont cassées. Sydney se penche pour ouvrir la boîte à gants et me donner son paquet de tabac.

    — On va où ?

    — Tu verras.

Dans cette voiture avec Sydney et ce paquet de Drum, les cheveux imprégnés de divers sels marins, je suis disposé à de nouvelles surprises. Nous roulons avec de la jungle, elle finit par poser sa main sur ma cuisse et me caresser le sexe au travers de mon jean. La réaction est, bien sur, immédiate. Elle ne va cependant pas plus loin, me demandant juste de lui rouler une cigarette, tâche à laquelle je m'applique avec minutie.

— On arrive chez ma sœur, elle est en vacances à Barcelone.

Nous arrivons au pied d'un petit bâtiment au cœur de la ville de Landerneau. Nous pénétrons ensuite dans un petit appartement bien agencé. Je m'installe sur le clic-clac.

— Non, relève-toi !

J'ai du mal, et elle me tire par le bras pour m'aider. Je la suis jusqu'à sa petite salle d'eau. On se déshabille pour prendre une douche. L'eau est froide et je retrouve des sensations. Revenus au salon, elle prend une petite boîte dans un placard et la pose sur sa table basse. Elle l'entrouvre juste pour me tendre une grande feuille et une tête ainsi qu'une fin de tabac, des miettes. Je passe à la réalisation du joint, et elle s'assoit en se tournant vers moi. Nous contemplons un instant nos nudités. La forme de ses tétons traduit la froideur de la douche. Un piercing se dévoile au-dessus de son nombril en une petite perle. Un tatouage part du côté droit de ses hanches et traverse son dos en diagonale jusqu'à réapparaître sur son épaule gauche. Il s'agit d'un rosier noir très réaliste agrémenté de veines tribales colorées. Ses yeux sont verts et son regard est appuyé par de petites billes qui ressortent de sa peau sur une pommette. Se penchant de nouveau sur sa boite, je remarque un dernier piercing derrière son cou. Une barre très fine court dessous sa peau et ressort aux extrémités avec de petites pointes. Ça y est, c'est fait. J'allume le pet et m'enfonce de nouveau dans le clic-clac. Elle se remet sur moi, prend un peu de recul pour couper en deux un cachet en forme de trèfle. Je la regarde faire attentivement avant qu'elle ne mette une des deux moitiés sur ma langue. Je la saisis avec un bras pour me pencher sur sa table et prendre ma bière.

— Il est plutôt dur à passer celui-là.

Nous discutons un peu puis finissons le pet. Je suis toujours assis. Je la contemple, regarde son corps en mouvement, ses piercings, son ventre dessiné qui ondule, ses petits seins qui se promènent et défient mon visage. Je les lèche et les attrape avec ma bouche à présent. Elle me prend fermement les cheveux avec une de ses mains et me redresse le visage. Je lui prends la taille et commence moi aussi à donner des coups de reins. Elle m'embrasse fougueusement. Mon sexe est gonflé, bandé à son paroxysme. Je ressens toute sa douceur. Je finis par la coucher. Elle ne me lâche pas et nous nous étreignons avec force.

***

Le lendemain, Sydney me dépose chez Yann comme prévu. Le lundi et mardi passent avec des soirées dans divers appartements de Quimper. Malgré le plaisir, les drogues finissent par troubler mon esprit mais je n'ai pas le temps de faire le point. Sydney est infatigable et il faut la mériter. J'ai d'ailleurs du mal à me rappeler de tout. Nous voici donc, la semaine écoulée, dans un champ entouré d'une forêt. Un mur de son de vingt kilos est posé. Toute la vallée résonne aux rythmes Tech'. Nous revenons d'une petite rivière où certains se baignent et nous nous dirigeons à présent vers les camions. Nous montons dans un premier où je pète une douille tel un collégien. Puis, le second propose des buvards. Les discussions se suivent sans que je puisse y prendre part. Je me retrouve à lutter contre moi-même. J'ai des absences et le sommeil arrive sans pour autant que je puisse fermer les yeux. Sydney est toujours avec moi, et participe activement aux échanges. Elle me propose de nous poser en constatant mon état. Nous sommes donc de retour dans sa 205. Je penche le siège au maximum, sa voix m'est imperceptible. Elle me baisse le pantalon et je fais le maximum pour me relever et l'aider. Elle finit par descendre pour me donner du plaisir. J'attends, rien à faire malgré mes meilleurs intentions. Le fruit de mes efforts me permet à peine une érection sans ardeur. Je suis là, sans ressentis, sans saveurs. Elle ne veut pas s'arrêter pour autant et je ressens des brûlures à présent, liées à l'irritation de mon gland. Dans une douleur aiguë, je finis en elle. Miraculeusement, je survis toute l'après-midi. Le soir venu, la ligne rouge est franchit. Je repends conscience dans un nouveau camion. Je crois que j'ai dû m'endormir sur place. Sydney n'est plus là. Je demande le prénom de mon hôte.

— Pablo.

Il est espagnol et est venu faire des sons en Bretagne pendant l'été. Je lui demande où est Sydney et ses yeux deviennent ronds, en se rendant compte de ma situation, quand il m'explique qu'elle est repartie avec un autre. Il affiche une certaine gêne puis prend l'initiative de me donner une bière. Le contrecoup me renvoie une nouvelle fois en moi-même. Je suis là et ailleurs. Mon estomac me fait mal. Je m'essuie le nez qui coule et découvre du sang sur mon poignet. Je me sens totalement perdu, déprimé, au bord des larmes. Plus de grand voyage dans mon esprit, juste une trappe ouverte, un précipice. Je regarde cet abîme, contemple ses profondeurs. Dans un sursaut, je sors du camion, tombe par terre et vomis jusqu'à la dernière goutte dans des spasmes intenses. Non loin de là, j'aperçois aux travers de mes yeux humides un arbre. Je fais l'effort de me traîner jusqu'à lui, puis m'y adosse enfin. Quelqu'un vient vers moi. Je l'entends sans comprendre puis lève la tête vers lui sans bien le voir et lui fait un signe de la main

— Ça va, … ça va…

Il disparaît de mes visions. Plus je fais l'effort de me ressaisir, plus j'ai mal au crâne. Mes pensées s'enchaînent sans que je puisse les contrôler ou même leur donner un sens. Soudain, je sens que je vais flancher, je glisse et me retrouve de nouveau contre le sol. Des lueurs apparaissent pour disparaître et laisser enfin place à un calme certain. Le ciel s'assombrit. Je n'ai plus la force de bouger, pas maintenant. Que faire de ma vie ? Où est passé mon sac ? Ah oui, il est dans le coffre de la 205. Puis au final, un prénom ressurgit de ma mémoire, un prénom ressurgit dans ma vie et ne cesse de se répéter à l'infini.

— Caroline...

Je trouve enfin la force de me relever. Mon sweat est recouvert de terre et de vomi. Je le retire pour le mettre en boule en y prenant mon téléphone. Je marche vers la 205. Sydney n'est pas là. J'essaye. Oui ! Le coffre est ouvert. Je le prends mal sur le moment. Je suis, quand même, bien heureux qu'elle n'ait pas fermé son coffre afin de récupérer mes affaires. Je parcours mon répertoire pour écrire un message : SMS : Bonjour Caro, C'est Logan, on peut se voir ?

Une fois fait, je m'allonge sur les sièges arrières, il vaut mieux rester ici avec cette pluie. Je trouve une position satisfaisante et me détends enfin les yeux fixés sur l'arrière du siège passager. Mon téléphone vibre :
SMS : Logan, c'est toi ? Tu vas bien ? Je suis en Corrèze pour un job d'été. Tu es où ? Tu peux venir ?

Chapitre 5
Corrèze

Le climat continental se fait sentir. Je suis habillé d'un t-shirt, bermuda, tongs et porte mon sac sur le dos à la sortie du train. Ce court voyage m'aère l'esprit. Je traverse la gare puis m'arrête au niveau de la sortie pour me fumer une Davidoff. Une "toute faite" comme disait Yann. Des jeunes passent auprès de moi avec un regard méprisant vers ma clope. Je souris à l'idée de ce qu'ils pensent sur moi en tant que « petit bourgeois ». Que me réserve cette ville de Brive ? Je dois me mettre en marche pour le découvrir. Le bus pour aller à Neuvic est assez loin sur le plan, mais mon GPS m'indique seulement treize minutes de marche. Je constate vite que cette ville porte son histoire dans ses murs et les habitants dégagent une tranquillité qui accompagne favorablement le contexte forestier environnant. On aperçoit des espaces de verdure en de nombreux points de la ville et des paysages singuliers. Bien que la mer ne soit pas là, le cadre est très agréable. Je pense que l'on peut bien vivre ici. Je continue ma marche dans le centre-ville, les terrasses sont bruyantes et multi-générationnelles. Je profite du temps qu'il me reste sur l'horaire pour me diriger vers la banque où j'ai fait mon transfert depuis Londres. Il devrait être effectué à cette date d'après le conseiller que j'ai vu sur Quimper. Je m'approche d'abord d'un distributeur, mais change d'avis pour entrer. S'il ne reconnaît pas ma carte, il va la garder et je ne souhaite pas repasser une matinée dans un de leurs établissements. Après un bref coup d'œil à l'intérieur, je constate ma chance, il n'y a personne. Me voici donc vite rassuré et j'effectue un retrait sur les trois mille trois cent quarante-neuf euros qu'il me reste. En ressortant avec mon argent et m'allumant une blonde, je me dis que les gars de la gare avaient peut-être raison. Bref, l'argent est fait pour être dépensé et puis ça va, je ne suis pas en mode « gamble ». Je finis juste par acheter un nouveau sac dans un magasin sur la route. Il est dur de jeter l'autre après toutes ces péripéties, mais je souhaite faire bonne impression à Caro. Il s'agit du début de ma nouvelle vie. Enfin, je me battrai pour. Après l'achat de mon billet, je monte dans le bus et m'assois sur un des rares sièges libres côté fenêtre. Je finis par poser mon nouveau sac sur l'autre fauteuil voyant que nous ne serons pas beaucoup plus nombreux. Je prends mon nouveau livre acheté avant de partir de Bretagne, « L'herbe du diable et la petite fumée ». Le voyage de cet herboriste semble spirituel et initiatique. Beaucoup de penseurs ou de grands scientifiques ont eu recours à des substances au travers de l'histoire. Cependant, la limite entre l'action d'une drogue et l'expression de sa conscience mérite d'éviter les excès. Suite à mon expérience récente, je me trouve aujourd'hui dans une recherche de moi-même sans artifices. Ces facilitateurs de pensée peuvent être parfois des voies sans issue si l'on ne maîtrise pas sa nature. Nous partons à présent dans un bruit sourd de moteur. Le paysage qui se dessinait à ma venue se dévoile dans sa splendeur. Des vététistes s'engagent dans des sentiers. Des marcheurs se promènent. Un rond-point passé, nous voici engagés sur un grand axe. Je reste en suspens entre mon regard scrutateur et mes premières émotions de retrouver Caroline. Cette sensibilité qui m'habite me démontre que, depuis Montpellier, rien ne s'est effacé. Des sentiments toujours vifs pour elle s'expriment au travers de mon corps, de mon estomac qui se noue.

***

Le trajet fut rapide et je découvre Neuvic. Un lac imposant sur ma droite et un restaurant dans un bâtiment ancien à ma gauche. Je me penche vers l'eau, plusieurs carpes de bonnes tailles se dessinent comme des ombres. Ce lac est tout en longueur, épousant la forme du bassin-versant. Des panneaux de tourisme indiquent une base Nautique et le village vacances. Ce coin, bien que classique, exprime une sérénité certaine. Je me mets en marche et contourne la rive Nord. La traversée de cette population estivale et la vue de ses nombreux enfants jouissant de leurs premières libertés me rassurent. J'y vois dans un premier temps des vies sans reliefs, conditionnées par la société pour avoir l'illusion de cette liberté pendant des périodes déterminées. Puis, je me reprends grâce à une nouvelle vérité acquise récemment. Il n'y a pas de gens simples. Lorsque l'on creuse avec une autre personne, les apparences lisses sont toujours trompeuses et des profondeurs ressurgissent toujours, des cicatrices, des sensibilités bien cachées. Je fais le maximum pour ne pas cogiter sur notre nouvelle rencontre de peur d'avoir un comportement dévié, car trop anticipé à l'instant T. Je m'assois aux abords d'une statue et reprend machinalement une cigarette. Je fume beaucoup depuis que j'ai arrêté toutes les drogues. Je compense. Il faudra faire attention à ne pas la gêner et à ne pas décompenser d'ailleurs. Bien, il est temps, je prends le téléphone et appelle Caro.

— Bonjour Caro, je suis à la statue vers un restaurant.
— Bonjour Logan, j'arrive dans cinq minutes…. Bise.
— … bise.

La dernière hésitation sur la bise me montre que la situation est un peu ambiguë. Je suis parti depuis trop longtemps. Elle a sûrement trouvé quelqu'un. Je vais bientôt être fixé sur mon sort. Je suis anxieux à l'idée qu'elle ne soit plus libre. Cependant, il faut s'y résoudre et accepter si cela se présente. Il s'agit de la seule femme qui m'ait toujours soutenu. Je dois la garder dans ma vie et être prêt à m'adapter.

***

Caroline arrive. Ses cheveux attachés expriment leurs densités et retombent par mèches aléatoires sur son visage. Elle porte un petit débardeur droit au niveau de la poitrine et un pantalon court en toile accompagne les formes de ses cuisses selon les aléas du vent. Malheureusement, elle est accompagnée par quelqu'un. Je les regarde arriver, muet, immobile. Elle porte en elle les stigmates de ma vie passée, mais aussi le symbole de ma vie future. Un sentiment brutal me saisit lorsqu'elle me prend dans ses bras, sans réserve, malgré son compagnon de route. Enfin ! Je la prends dans mes bras à mon tour et la sers, puis pose ma tête dans son cou. Son odeur ! Sa douceur ! Ses cheveux… Je la garde blottie contre moi et retiens mes émotions, puis finis dans une grande respiration pour pouvoir la regarder. Elle me scrute, m'ausculte des pieds à la tête. Je souhaite l'embrasser, mais n'ose pas. Je ne sais pas où elle en est et rien ne m'indique qu'elle y soit disposée. D'ailleurs, c'est qui ce gars ! Je ne sais pas, mais je sais que je ne l'aime déjà pas. Il vaut mieux attendre, avoir des certitudes. Je ne veux pas perdre ne serait-ce que le plus petit espoir qui me fait vivre. Je la prends par la taille et nous finissons par nous éloigner un peu. Puis, devant cet homme qui reste là à nous regarder sans trop de gêne, je me retourne avec un sourire de circonstance en essayant de paraître décontracté.

— Bonjour, Logan, enchanté.

Je lâche Caro pour lui tendre la main, main qu'il me sert avec force.

— Bonjour, Erwan.

Il me répond avec un sourire rigide. Caroline prend la suite.

— C'est Erwan, il est animateur au village avec moi.

Je reste courtois et je m'amuse un peu de cette Bretagne qui ne veut pas me quitter. Puis un soulagement arrive. Il ne me semble pas qu'ils soient ensemble. En revanche, je dois sûrement lui déplaire autant qu'il me déplaît. Vu son comportement, il est certainement très intéressé par Caro et doit être ennuyé de ce nouveau gars, venu de nulle part, qui semble être si proche d'elle. Putain ! Cette idée me fait un bien fou ! Je retrouve une bonne énergie lorsque nous prenons ensemble le chemin du village. Tant pis pour la compassion, je me rattraperai un jour prochain.

***

88

La tente posée, le sac vidé, nous partons au supermarché du coin. De nombreux souvenirs de Montpellier me reviennent. Quelle insouciance ! Je me souviens de nos discussions, de l'instant où j'ai compris mes sentiments pour elle dans mon petit appartement de l'époque. Bien sûr, je n'ai plus du tout la même approche aujourd'hui. Cela témoigne de ces cinq derniers mois qui, bien que difficiles voire destructeurs, me permettent de saisir à nouveau la chance que j'ai d'être là, dans cette petite supérette de campagne, bien accompagné.

***

Les courses et quelques préparatifs d'usage dont les formalités administratives du camping sont faites. Caroline m'emmène dans une soirée. Un couple d'un certain âge ouvre ses portes tous les jeudis soirs à qui souhaite venir. L'ambiance est si conviviale que ce lieu est devenu un rendez-vous incontournable pour un grand nombre de jeunes des allants tours. Le début de soirée se passe bien. Une discussion se profile avec Myriam. Cette pédopsychiatre, en activité depuis peu, me parle de son expérience Erasmus au Sud de l'Italie. Elle explique la découverte de ce pays puis en dégage des généralités comme le franc parlé des Italiens. Son raisonnement me parait obscur et je finis par ne plus vraiment l'écouter. Je choisis de fumer une clope et refuse un joint tendu. Ce refus la surprend. Elle considère que tout le monde est aveuglé par les drogues alors qu'elles détruisent des fonctionnements essentiels de la réflexion. J'acquiesce poliment, mais il me semble que dans son cas, cela pourrait être une bonne expérience, tellement ses expressions et pensées sont rigides. Bref, autant dire que je m'ennuie. Myriam continue cependant de me parler sans tarir et se rapproche un peu de moi. J'ai alors l'impression de lui plaire. Peut-être que je fais trop d'effort pour l'écouter. Dans d'autres circonstances, je n'aurai pas hésité une seconde,

89

mais là, bien qu'elle soit sûrement digne d'intérêt par ailleurs, je préfère m'esquiver. Après l'avoir quittée cordialement, je me mets à la recherche de Caro. Je descends les marches du perron et fais le tour de la maison. Cette habitation isolée surplombant un versant de forêt permet une certaine émancipation. Un petit groupe joue de la percu'. Il y a bien longtemps que je n'ai pas joué et je décide de garder cette idée pour plus tard. Je me dirige donc vers un grand feu. Nos hôtes sont là. La propriétaire se lève à mon approche pour me tendre une bouteille.

— Tiens ! Bienvenue, c'est de la « jaja » pamplemousse.

— Merci beaucoup, votre maison est magnifique et très tranquille. Ça fait du bien de pouvoir se retrouver un peu.

Elle acquiesce, surprise par l'angle d'approche de son invité puis :

— Oui, on peut se retrouver ici, tu vois là-bas, derrière l'éolienne ? Il y a un petit sentier que nous avons créé. Au bout du chemin, nous avons construit un petit abri en pierres avec des inspirations tantriques.

— Vous vous êtes bien installés, merci de votre accueil !

— Tu es le bienvenu.

Je suis séduit par cette idée, mais ce n'est pas le moment d'aller méditer même si le lieu doit être magnifique. Je décide de boire une bonne quantité de la bouteille, car j'ai beaucoup de mal à me mettre dans l'ambiance. Où est Caro ? Cela devient une obsession. Bon, je refais le tour en ayant pris soin de faire tourner la bouteille ? Rien y fait, je ne la retrouve pas. Je m'assois sur les marches. Je ne comprends pas ce qui se passe. Pourquoi est-elle partie sans me prévenir ? Je me berçais d'illusion ? Je commence à m'en vouloir de toujours faire des projections qui me coupent de la vraie vie. Je me relève, la « jaja » commence à m'attaquer. Quelqu'un passe me tendant un joint que je prends instinctivement, je me dirige vers les percussions et on me donne une bière dans l'autre main. Cinq

90

minutes suffisent pour me retrouver soûl et défoncé. Ah, mes belles pensées, mes belles envies d'une vie meilleure. Les places sont dures à avoir, mais ma patience est payante. On me laisse une darbouka. Je m'assois dessus, pose ma bière et me laisse aller complètement. Mes mains n'ont plus de poids, juste le son et les résonances qui s'enchaînent. Mince, Caroline revient à mon esprit et j'ai du mal à m'accrocher au rythme des autres. Je cherche l'inspiration pendant cinq minutes mais rien n'y fait. Je suis sec. Je finis donc par me lever et retourne m'asseoir avec ma bière. Je ne peux pas empêcher la noirceur de mon ressenti. Je suis à la fois triste et en colère. Je repense à mon téléphone et me dis qu'elle a sûrement appelé pour prévenir ou envoyé un message. Non, rien ! En entrant dans le menu, je redécouvre un message de quelques jours de ma cousine qui demande des nouvelles.

— Tu as reçu un message ?

Caro me pose la question en s'asseyant et me prenant le bras. Elle le lit pendant que je me ressaisis de ma surprise.

— Tu devrais lui répondre, glisse-t-elle.

Me voyant avec le moral au plus bas, elle se colle contre moi et m'embrasse sur la joue. Je me sens un peu bête.

— Tu étais où ?

— Dans la maison, juste là, il y a une association qui organise un débat dans le salon.

Que dire ? Quel idiot ! Maintenant, je sens mon cœur battre dans mes tempes et la migraine qui arrive. Je suis soulagé que ce téléphone me donne une certaine circonstance à ses yeux. Elle le prend et lit les autres messages, je la laisse faire, mais son attention ne s'arrête qu'à ceux envoyés par ma mère. Voilà de quoi bien finir la soirée…

— Je ne me sens pas trop bien Caro ! Je vais rentrer.

— Pas de problème, on y va !

— Tu…

Je la regarde et plus rien ne sort. Bien sûr qu'elle vient avec moi ! J'aurais souhaité partager cet instant différemment, mais je me suis mis trop mal. Elle m'aide à me relever et nous prenons la route ensemble. Je me retrouve perdu au bras de celle que je suis venu chercher, quel paradoxe ! Je ne veux plus penser à rien, ça fait trop mal. Nous avons trente minutes de marche et je tiens son bras qui me supporte. Une légère nausée me pousse à le lâcher pour aller dans un fossé. Je me relève, essuie mon menton avec ma manche. Mes yeux pleurent de nouveaux, mais mon esprit se libère de la chape de plomb qu'il supportait. Je ne ressens à présent qu'une profonde fatigue. Caro me reprend le bras sans me dire un mot et nous continuons ainsi notre chemin.

***

Mes yeux s'ouvrent sur le tissu de la tente. Caro est restée avec moi ce matin et a repoussé son animation dans l'après-midi en accord avec Erwan qui, je l'apprends, n'est autre que le directeur du centre d'animation. J'ai mal à la tête, une vraie gueule de bois ! Je m'assois. Caro est allongée, éveillée à mes côtés. Devant mon silence, elle se relève et entame la conversation.

— Tu as vomi sur tes chaussures.

Elle garde un grand sourire et aborde le sujet avec légèreté. Je me prends la tête entre les mains en la remuant. Je souris également à présent. Elle me fait du bien, mais bon, je me sens nul. Elle s'agenouille. Je l'observe avec attention et désir, cependant ma condition m'empêche de la prendre dans les bras.

— Il faut que je me douche et que je me lave les dents de toute urgence.

— La douche est à gauche, tu verras les cabines plus loin. Vas-y ! Je prépare le petit-déj'.

— Un petit café, ça suffira, merci.

Elle se marre. Me voici donc à déambuler dans la ruelle de ce camping à la recherche de cette fichue douche, ma serviette et mes habits propres sur l'épaule et la brosse à

92

dents à la main. Mes yeux s'ouvrent avec grande peine et je crois ne pas être en mesure de remédier à cet état malgré mes efforts dans ce sens. Je ne peux pas me cacher non plus donc assumons. Je relève la tête et me voici déambulant tel Vincent Vega. Le jet d'eau est glacé, n'ayant aucun réflexe, je me contente d'un petit son strident, je fais un pas en arrière quand l'eau devient bouillante. Je finis propre et changé. Le retour est plus simple. Le grand vide qui m'habite ne me dérange pas en pareille circonstance. Caro a préparé un petit-déjeuner frugal sur une table de camping pliante. Je m'y assois délicatement pour ne pas tout faire tomber. Elle glisse un bol de café et reste en face de moi.

— Je suis dans une période un peu difficile, excuse-moi pour hier soir.

Un silence passe et je reprends

— Je ne voulais pas venir avec mes problèmes

— Je suis contente que tu sois venu ? J'ai beaucoup pensé à toi, tu sais.

— Tu ne m'en veux pas de ne pas t'avoir donné de nouvelles.

— Tu m'as envoyé un SMS, non ? Et puis, ce qui t'est arrivé... Que dire... Tu as eu besoin de partir, je comprends. J'aurai surtout voulu pouvoir t'être utile, mais je n'ai pas osé t'appeler.

— C'est moi qui aurai dû le faire. J'ai juste pété un câble, je suis un peu compliqué... Lui dis-je avec une gêne perceptible

— Tu es un personnage, ça c'est sûr ! Tu es très intelligent et tu subis certainement ta sensibilité.

— Aïe, la psycho...

Elle réagit vivement sur son petit bout de siège en plastique et crie

— Non ! En riant et me prenant la main.

Elle se rassoit et garde sa main posée sur le dos de la mienne. Un silence passe de nouveau puis elle me pose une question

— Pourquoi tu es venu ?

Je m'écrase complètement sur moi dans un petit souffle. Je suis sclérosé et mes yeux ne veulent plus quitter ce bol de café. Je respire.

— Mmm, et bien, j'ai cherché ailleurs des exutoires…

Je trouve la force de la regarder, reste un peu muet puis :

— Je n'en ai pas trouvé… Puis finalement, dans un moment difficile, c'est toi qui es revenue dans mon esprit.

Elle reste très nerveuse et retire sa main brusquement pour se rouler une clope. Je tends ma main pour prendre le paquet et faire de même.

— J'ai besoin de toi, Caro.

Elle prend le temps de me répondre et parle très doucement

— J'ai toujours pensé à toi depuis Montpellier, j'ai juste vu un autre gars, mais il a été vite chiant, en fait.

— Qui ça ?

— Quentin

— Non ?!

— Si.

— Une grande gueule, sûr, mais ça résonne vide quand il parle.

— Tout le monde n'est pas torturé comme toi.

— Tout le monde ne cherche pas à être conscient de ce qu'il est.

Nous allumons nos clopes. Elle pose son briquet, je lui prends la main et la serre.

— On en est où ?

— Tu as vu d'autres femmes, Non ?

— Oui, quelques-unes, mais aucune qui ne m'a vraiment touché. Il n'y a que toi.

— Je dois y aller ! On se voit pour dix-sept heures, tu peux aller te baigner à la piscine si tu veux. Il y a un golf aussi.

On se lève, je la prends contre moi. Je sens une réticence, une jalousie. Le moment pourrait devenir lourd, mais elle prend les devants et nous nous embrassons.

94

— Je finis ma saison cette semaine. J'ai prévu de rentrer chez mes parents après.

— On peut faire la route ensemble, après je verrais où je vais.

— Chez ta mère, Logan ! Il va falloir que tu y retournes, tu sais.

Je baisse les yeux et ne réponds pas.

Chapitre 6
Dordogne

J'attends au camping la fin de semaine. Nous discutons le soir. On s'embrasse et on dort ensemble, mais rien de plus. Caroline garde une réserve et je me stabilise à son contact. En revanche, un nouveau projet prend forme. Nous utiliserons le covoiturage pour se déplacer et « coachsurfing » pour dormir. Je passe beaucoup de temps sur mon Smartphone pour organiser le périple.

Ça y est le grand départ, je suis assis derrière, Caro s'est mise en passager de notre conductrice. Elle est jeune et Caro parle avec elle par politesse, écoute les divers discours sur ses études. Concept intéressant, car il permet d'allier les échanges et la nécessité du trajet. La route entre la Corrèze et ses parents est rapide et nous n'aurons que deux escales. Les paysages continuent à se dévoiler aux rythmes des virages. Les maisons sont majoritairement en pierres et d'époques. Elles occupent les aspects les plus clairsemés du décor. J'imagine une enfance dans ces divers cadres en reliant les maisons et les arrêts de bus scolaires par exemple. J'imagine la marche quotidienne des élèves accompagnés de leurs parents dans un premier temps, puis en autonomie dans un deuxième et enfin seuls en voiture. Cette vallée traversée qu'ils auront vue des milliers de fois aura quelles incidences sur leurs esprits, qu'apportera-t-elle à leur imaginaire ? Je décide d'allumer mon smartphone. Sincèrement, je ne pourrais pas entrer dans leur conversation. Je vais sur un site de vidéos gratuites. Je cherche une conférence sur un sujet que je ne connais pas encore. Mon choix s'arrête à une conférence sur l'origine de l'univers. J'apprécie l'orateur qui s'exprime avec simplicité. Le temps du trajet passe en un éclair. Je retiens son anecdote sur la rencontre entre le pape Jean-Paul II et le grand physicien Stephen Hawking. Le pape lui disant au revoir aurait dit :

— On est d'accord, tout ce qui est avant le « Big Bang » est à nous, et tout ce qui est après est à vous.

Voilà de quoi canaliser mes réflexions pendant un petit moment… Nous quittons notre hôte et Caro me regarde avec insistance.

— Désolé, je n'ai pas pu.

Elle ne m'en tient pas rigueur et nous partons vers l'entrée du village. On dirait bien que le temps de route n'est pas passé à la même vitesse pour nous deux. Une fois l'adresse de notre prochain hôte enregistrée dans le GPS, nous prenons la route d'un pas décidé. Enfin du grand air ! La nuit tombante nous incite cependant à marcher vite. La route que nous empruntons n'est pas éclairée. Le cadre s'illumine enfin pour nous laisser découvrir la spécificité de ce village. Nous sonnons à l'adresse convenue. Un homme d'une cinquantaine d'années nous ouvre. Il est châtain, les cheveux courts frisés et porte une moustache. On devine dès la première vue qu'il n'est pas dans le besoin et son accueil chaleureux en est d'autant plus riche. Il est architecte, passionné de jeux de civilisation et fume de gros cigares. Son contact est simple. Nous passons une brève partie de la soirée ensemble de façon cordiale où il nous explique sa démarche et effectue un bref briefing de ses rencontres passées. Nous mangeons copieusement et finissons par une partie d'échec autour d'un cognac. Ce n'était pas ma première pensée de soirée en tant que « coachsurfeur ». Je me rends compte de mon erreur sur ce principe et surtout sur ceux qui y adhèrent. Quelle richesse ! Jean nous dirige au travers de son jardin arrière vers une petite dépendance tout confort. Nous nous souhaitons bonne nuit et il nous propose une petite balade en forêt pour le lendemain. Bien que non prévue, cette idée est tout à fait attrayante. Le réveil sonne, nous nous préparons et retraversons ce petit jardin bien arboré. La table du salon est occupée par plusieurs présentoirs en osiers remplis de viennoiseries et de pains en tous genres.

— Bien dormis ?

— Oui, c'était très confortable, merci beaucoup !

— Mais, de rien ! Elle ne sert plus trop aujourd'hui. Répond-il avec un large sourire en refrisant sa moustache.

Sa bonne humeur et sa sérénité sont communicatives. Nous montons ainsi dans le monospace et son chien saute dans le coffre à son tour. Nous quittons le village et il engage la voiture dans un sentier pour s'arrêter. La forêt de Dordogne est dense et le sentier large laisse place à un long aperçu du versant où nous nous situons. Les odeurs d'humus et de verdures sont prononcées en ce début de journée. Le chien court et ne cache pas sa joie. Jean marche mains dans le dos et son visage est éclairé. Nous ne parlons pas. Il nous suffit juste d'écouter. Après une vingtaine de minutes, Jean rompt le silence.

— Tu en veux un ?

Il me présente une boîte de cigares. J'accepte poliment et finis par le fumer. Il m'est difficile de décrire ce que je ressens sur l'instant. Mais à vrai dire, cela se rapproche beaucoup du sentiment de liberté. Je regarde à nouveau cet homme qui vit sa vie comme il l'entend et qui sait profiter de tels moments, les arbres formant au-dessus de nous une voûte étoilée.

***

Dans la continuité de notre road-trip, nous sommes déposés plus haut en Dordogne vers Le Bug. Nous longeons à présent une aire de vacances où une animation de canoë se met en place. Des enfants courent en exprimant leur joie. Après avoir pris congé de notre chauffeur du jour avec lequel, j'ai largement contribué à la conversation, nous voici de nouveau en marche le long de ce cours d'eau imposant.

Caro ouvre la marche et son bermuda serré ne laisse que peu de doute sur les dessins de sa silhouette. Une falaise suivie de coteaux arborés abruptes témoignent des richesses géologiques de cette région. Elle nous domine sur notre gauche et laisse la place en contrebas au large passage de la rivière. Nous traversons cette carte postale et arrivons enfin au pont qui relie les deux rives que nous avons aperçu bien plus tôt et qui semblait nous fuir. Je prends mon téléphone pour rechercher la route à suivre en levant la tête pour attendre le chargement de l'application.

— Regarde, là-bas, il y a une île !

Je déplace la carte et remarque qu'il n'existe pas d'accès routier. Nous ne voyons que le début se faufiler dans le méandre, mais ma curiosité me donne envie de m'y rendre malgré la chaleur. Caro me répond :

— Elle ne doit pas être accessible.

— On peut faire un tour, non ?

— Oui, si tu veux.

Nous tentons l'aventure. Je repars d'un pas décidé et Caro me suis. Nous n'avons plus besoin de beaucoup parler ensemble. La soirée chez Jean a été riche d'échanges et un équilibre est né entre nous, un lien stable ainsi que de la confiance. Je décide de quitter la route lorsque l'occasion s'offre à nous et nous voici, tous deux, main dans la main à découvrir la ripisylve. Cette île se dévoile à notre approche et nous voici en quelques efforts à ses côtés. La ville se perd dans le méandre opposé que nous venons de quitter. En amont, le décor est exclusivement naturel. Personne ne se trouve là. L'île n'est plus qu'à une vingtaine de mètres. Je me demande si le courant est fort ou s'il y a de la profondeur. Je me lance et finis par marcher dans l'eau. Je m'enfonce dans la vase, mais mon pied touche rapidement un substrat solide en dessous. Je finis donc ma petite traversée sans encombres. Il y a une clairière en son centre et des arbres courent sur toute sa périphérie. Ils forment un dôme et ne laissent passer que quelques rayons de lumière.

De l'autre côté, la partie large de la rivière dévoile une petite plage de sédiments de diverses couleurs. Je retourne auprès de Caro pour décrire ce que je viens de voir. Je suis très excité, car nous pouvons poser ma tente. Cependant, il faut traverser avec les sacs sur la tête et cela constitue un gros risque pour moi. La tentation, est trop forte et mon élan finit par la convaincre. Nous nous décidons donc à faire cette traversée et je porterai les deux sacs. Caro appelle au préalable celui qui avait prévu de nous héberger ce soir.

***

Il s'agit du dernier soir avant d'arriver chez ses parents. Le temps de monter la tente au bout de cette île en vue de la ville naissante, je fais le maximum pour chasser cette pensée. Elle ne mène qu'à une impasse. L'été va se terminer sur cette parenthèse, sur ce petit voyage enfin sans nuages. Ces deux derniers jours avec Caro sont une rupture et des images de Paris et de Londres me hantent. En continuant sur cette voie de stabilité, tout risque de ressurgir. Serai-je capable de faire face à tous mes démons ? Pourrai-je me rendre compte de ce que j'ai fait sans me perdre une deuxième fois ? À cet instant rien ne me guide sur ce sujet et je dois supporter ces flash-back intempestifs. Caro me rejoint après avoir fait un petit tour, elle me caresse le dos puis me prend dans ses bras.

— C'est quasiment romantique, non ?

— Je vois plus ça comme une aventure.

— Je vais m'allonger sur la petite plage.

Elle se déshabille pour ne garder que ses sous-vêtements puis s'allonge sur la plage le corps juste recouvert d'une eau claire. Je la rejoins en faisant de même. L'eau est froide et il m'est nécessaire de prendre une période d'adaptation. Je plonge enfin pour effleurer le fond. Cette rive de l'île, où le passage d'eau s'effectue en masse, n'a pas de vase et il y est facile de circuler à pied. Il est même amusant d'essayer de lutter contre le courant. Bref, je me détends et fais le pitre sous ses rires. Une fois bien fatigué, je m'allonge à ses côtés. Je pose la tête sur mes mains vers elle pour me reposer. Je ferme les yeux et la musique de la nature m'accompagne, les oiseaux, le vent dans les feuillages. Elle se relève, je l'entends fouiller dans son sac. Je la regarde prendre un livre ainsi que sa crème solaire. A son retour, elle m'en étale sur le dos, les épaules puis les bras pour finir en une pointe sur le bout du nez pour s'amuser. Je ne réagis pas et reste assoupi. Mon réveil, sur le dos, m'offre le spectacle du ciel bleu azur virant au bleu foncé transpercé de fulgurances rouges et jaunes accompagnant au mieux les premières étoiles. Nous sommes déjà au crépuscule, les derniers rayons du jours se dévoilent en un spectacle céleste. Je me lève, et me dirige vers Caro qui se demande si on peut faire un feu. Effectivement, on pourrait être repéré. En revanche, il ne me semble pas qu'il y ait de risque pour les arbres. On décide de ne pas en faire pour ne pas nous faire remarquer. Elle accroche une lumière dans la tente et me tend sa lampe frontale pour préparer la nuit. Nous mangeons ensuite les sandwiches achetés avant de partir ce matin. Le vent faiblit, les bruits et les sons s'estompent peu à peu. Seule la rivière s'exprime. Je reviens vers la petite plage de sédiments en sa partie supérieure sèche et sort mon calepin. Caro se blottit contre mon dos et nous contemplons la vallée et la ville qui s'éclaire en un dessin de lumière.

Le paysage sinueux, des contrées, des monts,
Passent et apaisent mes incertitudes.
Le vent, les odeurs d'humus,
Auprès de cet arbre je vis ce moment
D'après les rites de nos vies actuelles,
Ce moment gît telle une parenthèse
Pourtant, je ne suis pas en dehors de ma vie !
Les circonstances de l'être ne se résument pas
À une organisation.

Je regarde mes traces au travers de ce parcours,
De cette forêt, cette clairière,
Une percée de lumière
Les roches immuables reflétant l'infini
Je suis assis là
A côté du silence
Au travers duquel je pense
Retourner à la terre
Une vie d'oxymore
Bien être de la solitude
Venu de la multitude
Les lumières des villes
D'ici éclairent le ciel
Cette cité qui nous dirige
Qui nous prend
Déterminisme multi-séculaire
Des codes sociaux, des pavés, des néons,
Les hommes que l'on croise sont plus muets
Que ces pierres qui supportent mes maux.

Après ces quelques lignes, nous retournons dans la tente. La nuit est tombée. Elle s'assoit et les relit avec attention, puis me tend mon calepin. Son regard change, me perturbe. Pas un mot, nous glissons sous la légère couverture dans le silence. Nous nous enlaçons, je l'embrasse de nouveau. Elle se retourne et je la saisis pour la serrer contre moi.

— Tu sais, ce qu'on a fait, avant que tu t'en ailles, au bar. Ce n'est pas dans mon habitude. Cela représentait quelque chose pour moi.

— J'ai raté mon semestre, mes études, et je suis venu parce que tu me l'avais demandé. Que crois-tu que ça représentait pour moi ?

Elle tourne sa tête, pose ses lèvres sur les miennes. Elle est émue.

— Tu restes avec moi demain ?

— Oui, si tu le veux, je reste avec toi.

— Je ne te le demande pas, Logan. C'est à toi de décider.

— Je reste.

Je la caresse et ressens la douceur de sa peau. Je la respire et hume son parfum. J'ai envie de l'étreindre fort. Elle m'embrasse sur tout le visage et nos émotions laissent libre cours à nos sens. Nous retirons nos vêtements et nous nous pénétrons en une harmonieuse chorégraphie. Jamais mon corps transcendé ne m'avait permis une telle sensation, celle de l'amour spirituel et physique.

***

Une nouvelle fois, je suis dans la difficulté. Mes nouveaux sentiments m'empêchent de fuir, rien ne pourra me séparer d'elle désormais. Cependant, le doute m'envahit. Je commence à me rendre compte à quel point je suis perdu. De plus, des sueurs froides, des crispations viennent de mon arrêt brutal des diverses drogues que je consommais, ces derniers temps, sans réserves. Avec un peu de retard, notre dernière voiture se présente devant nous. Je m'assois au milieu, à l'arrière pour que Caro soit tranquille de son côté. Je ne parle pas. J'écoute du mieux la conversation pour rester dans le présent. La route est courte et nous serons arrivés dans seulement trente minutes. Je sens le stress. Mon visage est humide. Je pose ma tête contre mon siège et la relève en arrière lorsqu'un petit voile passe. J'ai peur de m'évanouir et ma respiration est difficile. Il s'agit certainement d'une crise de panique. Mince, je vais devoir demander à ce qu'on s'arrête, de la salive arrive en abondance dans ma bouche. Je l'avale et lutte. Caro me prend le bras. Je ferme les yeux, me concentre, me concentre encore. Je respire, expire profondément. Je pense à son bras, elle m'essuie le front. Tout se stabilise enfin. Il faut rester, simuler un état de somnolence. Oui, j'y arrive. Je respire à pleins poumons, m'étire et là je me mets à bailler, c'est gagné. La libération arrive. Caroline me tend mon sac et nous disons au revoir à nos compagnons de route. Nous voici sur une route départementale, au croisement d'une route de campagne. Le panneau indique deux kilomètres. Caro souhaite faire cette route à pied. Redécouvrir sa terre natale, la sentir, se la réapproprier. Nous sommes entourés par la forêt. Cette petite marche va assurément me faire le plus grand bien. Je la suis, nous marchons au bord d'un petit fossé, personne ne passe, pas de voiture. Je suis surpris :

— Personne ne passe par ici ?

— C'est une route qui ne mène qu'à la forêt. C'est la route de notre maison. Un autre grand axe passe de l'autre côté du village.

Nous nous prenons la main, et j'observe au travers de ces taillis sous futaie. Nous arrivons à un premier chemin puis un deuxième pour enfin s'arrêter devant le suivant. La maison est là. J'aperçois un bout de toiture au loin. Caroline ne veut pas attendre alors que je contemple le décor et me tire par la main pour entrer. Le chemin s'ouvre sur une grande cour. Deux voitures sont garées dans une dépendance qui sert de garage. La maison est fière, en pierres anciennes et me fait face. Des lierres se promènent sur sa surface, et je devine un grand jardin derrière. La porte s'ouvre et Caro embrasse sa mère. Je m'avance, effectue mon plus beau sourire, lui sers la main et rentre. Une odeur de cire et de bois, cette maison respire le caractère. Le salon est composé de grandes dalles en pierre qui présentent une cheminée immense et un coin bibliothèque.

— Bonjour, je suis Catherine, la maman de Caroline.

— Enchanté Madame.

— Tu veux boire ou manger quelque chose ?

— Non merci

— Bon, et bien vous pouvez monter pour installer vos affaires, j'ai préparé ta chambre.

— Merci, maman.

Je suis donc Caroline, monte l'escalier en bois et reste sur le perron de cette chambre. Elle m'invite et je suis sensible à cette découverte. Je pose mon sac à côté de son petit bureau qui témoigne de ses études passées ainsi que de sa vie sociale d'époque au travers des nombreuses photos accrochées aléatoirement. La fenêtre offre une vue sur le jardin ainsi que la vallée. On devine le grand axe qui traverse la forêt. Le paysage me plaît et tranche avec les cultures de mon enfance.

— Mon père arrive ce soir. Tu peux te reposer, la salle d'eau est au bout du couloir et les toilettes en haut des escaliers.

— Bien.

Elle se rapproche et m'embrasse, son visage est radieux. Je choisis de descendre avec elle. Nous mangeons rapidement sur la terrasse. Catherine doit partir, nous n'étions pas en avance. Elle est professeur de dessin et donne des cours pour adultes cet après-midi. Elle m'invite à découvrir son atelier dans la véranda. L'après-midi oscille entre prendre l'air dans le jardin et discuter dans la cuisine. Le jardin est assez grand, encadré par des amas de fleurs bien taillées. L'abri de jardin renferme la tondeuse ainsi que tous les ustensiles d'usages. Je m'arrête sur le matériel de pêche. Il semble très complet, et une canne inversée trône fièrement. C'est la première fois que j'en vois une... Catherine revient vers dix-sept heures trente. Son père ne tarde pas et nous nous rencontrons. Il s'appelle Philippe et est tout à fait courtois, me demandant si la route a été bonne. Il semble très calme et en un certain sens me fait penser à Jean, à cette classe sociale détendue. Nous passons à table et je reste très concentré pour donner la meilleure impression qui soit. J'écoute et reste poli en tout point, voire serviable quand c'est possible. Caro me contemple surprise. Je dois avoir l'air coincé. J'ai beau me le dire, rien n'y fait.

— J'ai vu que vous aviez un matériel de pêche très complet.

Il est surpris. Catherine en rit.

— La pêche ! Je ne suis pas sûr que tu te rendes compte de la discussion que tu es en train d'ouvrir.

Caroline renchérit :

— Papa est très passionné et en général, nous, on évite le sujet.

Elles rient. Je ne sais pas si je dois faire de même me sentant un peu gêné pour lui. D'ailleurs, sur le coup, ça fait un peu peur. Il me répond :

— C'est un sujet tout à fait important. Nous avons un bras de rivière qui passe à deux cents mètres de la maison en bas du chemin. J'y ai installé une barque. Tu peux t'y promener si tu veux. Tu peux même te servir de mon matériel. Malheureusement, je ne l'utilise qu'occasionnellement. Bon, j'arrête là, je ne veux pas monopoliser la parole.

Il s'en amuse, Catherine et Caro faisant de même. Voilà exactement ce qu'il me fallait pour me détendre.

***

Après un léger sommeil et le départ de ses parents, je me lance donc dans une matinée pêche. Je prépare un lancer, une cuillère et un petit panier en osier. Arrivé en bas du chemin, je découvre une trouée dominée par un grand saule. La barque est là, accompagnant un petit ponton en bois. Cet endroit est un espace de solitude heureuse, l'autre rive n'étant pas habitée. Une fois descendu avec précaution et la barque détachée, je dérive vers un petit convexe sans courant, accompagné par quelques branches. Le ciel bleu et la fraîcheur de l'eau accompagnent ce cadre bucolique. Au cœur de la Dordogne, je te retrouve enfin « bonheur ». Des questions persistent toujours. L'ai-je mérité ? Est-ce enfin le vrai bonheur ? Je regarde autour de moi. Avec cette canne inversée du « beau-père », je me mets à rêver éveillé. Je m'allonge pour contempler la cime des arbres. Un oiseau bleu vivace passe à toute vitesse. « Tip tip…tip tip », un martin-pêcheur, je crois.

— Caro, je t'aime, en me rasseyant.

La barque craque sous mon impulsion et me rappelle de faire attention à cette coque sans âge, verdie par endroit. Enfin, mon regard se dirige vers l'eau. Me penchant par-dessus la barque, je défie les ondes qui déforment le paysage qui se reflète. Soudain, plus de mots, plus de préoccupations, nous nous contemplons de tout en tout. L'instant, le présent me porte. Je suis ému. Je me regarde, et m'essuie le visage avec ma manche. Puis je ris encore plus fort jusqu'à l'éclat de voix.

***

Catherine est une femme de cinquante ans dans sa plénitude. Après avoir tenté une carrière d'artiste-peintre, elle est devenue prof de dessin. Le C.A.P.E.S. en poche, la Dordogne a été son point d'ancrage professionnel puis familial. La jeunesse sans limites de pensées créatrices est un espace privilégié d'enrichissement permanent. Bien qu'issue d'une éducation très stricte et pratiquante, elle est devenue une femme libre en tout point. Sa vie en Dordogne avec Philippe est aujourd'hui le cadre volontaire de sa vie. Je sors dans le jardin et l'observe. Catherine taille un de ses massifs de fleurs. Elle m'a déjà fait partager sa passion du travail de Gilles Clément et la recomposition d'écosystèmes stables.

— Bonjour, Logan.

— Bonjour.

— Tu as le sourire ce matin !

— Oui

— Vous avez prévu quoi aujourd'hui ?

— Rien. Ici, il n'est pas nécessaire de prévoir. Votre massif est magnifique, cela doit représenter du travail !

— La curiosité permet de s'informer et de travailler en conséquence. J'ai commencé il y a trois ans à planter ces massifs. Ils commencent juste à correspondre à ce que j'avais en tête. Catherine retire ses gants et m'invite à la suivre. Nous nous dirigeons alors vers son atelier. Elle reprend la parole et se dirige vers une petite bibliothèque au fond de la véranda.

— Depuis que tu es arrivé, tu ne t'exprimes pas beaucoup, mais nous nous sommes compris, je crois.

J'acquiesce et ne réponds pas, ne voulant pas la couper. Elle se penche pour prendre un livre.

— Je souhaite t'offrir ce livre qui m'a beaucoup apporté.

Elle me le donne et je le saisis.

— Merci beaucoup.

Je lis le titre « Les vilains petits canards » de Boris Cyrulnik.

— Tu as tout le temps pour le lire, toute ta vie.

***

Le dîner passé, je me retrouve sur le fauteuil le plus proche de la cheminée et entame le livre que Catherine m'a offert ce matin. En me laissant aller à la curiosité, je parcours du regard les autres bouquins habillant cette bibliothèque. Ils témoignent tous d'une passion farouche de Philippe pour l'Histoire et la Sociologie. Il vient s'installer en face de moi après avoir repris son journal qui l'attendait sur la table basse :

— Voici quelques jours que tu es chez nous, tu te sens bien ici ?

— Oui !

— Je dois couper du bois demain pour l'hiver, tu pourras venir ?

— Oui, avec plaisir.

— Moi aussi, j'allais pêcher les matins comme tu le fais.

— Cela fait une coupure, un passage dans la vraie nature.

— Dans la vraie nature ou dans ta vraie nature ?

Je prends un instant pour répondre.

— Je me suis senti libre. Je n'ai pas eu à adopter un comportement ou un discours.

— Le bonheur en somme ?

— Existe-t-il vraiment ?

— Tu fais des études en Philo. Je me passerai donc bien de te l'expliquer. Moi, en tout cas, mon bonheur est ici. J'apprécie de lire et d'écrire sur la compréhension de la société, sur le besoin du «vivre ensemble ». Il me semble que dans la vie, on doit s'investir dans des idées qui nous ressemblent.

— J'ai voyagé un peu, je me suis confronté à la diversité.

— Bien ! Et qu'as-tu vu ?

— Un désordre organisé, des personnes conditionnées.

— Ah ah ah,... Bien sûr, bien sûr... Rien n'est simple, mais vivre ensemble au-delà même du contrat social, c'est se déterminer par rapport aux autres. Il faut bien choisir un chemin.

— Je me sens un peu prisonnier parfois et d'autres fois, je trouve que le cadre est flou, ou qu'il n'existe pas.

— Le cadre existe. Si tu t'investis dans la société, tu le trouveras, et même si tu t'investis bien, tu le changeras. Rien n'est fixe, la société est en mouvement. Au départ, on se sent perdu, car les limites ne sont pas perceptibles en dehors des obligations, des contraintes. Mais un jour, on se rend compte que ce cadre a une histoire, chez nous cela s'appelle la République, puis qu'il a un corps qui s'appelle la Démocratie. Après, pour devenir un acteur dans la société, il ne faut pas se cacher, il faut agir.

Chapitre 7
Dénouement

Je suis allongé dans le lit, sur le dos et reste bloqué sur le plafond. Tout ce qui vient de m'être donné ! J'en reste sans voix. Est-ce le destin ? Je repense à ces conseils, à ces morceaux de vie. Ces derniers jours m'ont dévoilé une autre facette de ce que je suis ou de ce que je pourrais être. Mon père m'obsède de nouveau. Je revois son visage, ses habitudes. Je suis mal, perdu entre ce bonheur qui m'ouvre les bras et ce mal-être avec lequel j'apprenais à vivre. Le spleen remplace mes questionnements. La respiration devient difficile. Je me pose dans un premier temps au bord du lit. Caro dort d'un sommeil épris de certitudes. Mon malheur est là, prenant toute la place, effaçant le contexte de cette chambre. C'en est trop ! Est-ce que je vais m'en sortir un jour ? Ma tête est lourde, mon corps me pèse. Les émotions se suivent. Je ne contrôle plus rien. Je mets mes chaussures et me dirige en silence dans la salle de bains pour m'asseoir contre la baignoire. Je croyais qu'il suffirait de prendre la décision de vivre, mais mes démons ne me laisseront jamais seul, jamais libre. Mon regard se noircit, ma colère me guide à présent, ma rage. Je me relève et rentre dans la chambre pour prendre la boîte dans mon sac si précieusement conservée. Je ressors et entre dans le petit bureau de Philippe. Il collectionne des armes historiques. Je prends la clé trouvée dans un des tiroirs, ouvre la petite vitrine et prend une dague. Mince, mon calepin ! Je repose la dague et la boîte pour aller chercher le calepin laissé sur la table de chevet. Une fois tout repris, je descends les escaliers.

***

Caroline ouvre les yeux. Elle a entendu le bruit des marches de l'escalier de son enfance qu'elle connaît par cœur. Elle se retourne, Logan ! Le bruit du loquet de la porte du jardin résonne dans la maison. Il sort ! Elle se lève pour regarder par la fenêtre dont les volets sont restés entrouverts. Caroline est saisie, pétrifiée. Logan est en bas marchant vers le chemin. La pleine lune lui permet de distinguer un couteau de grande taille ainsi qu'un paquet. Elle se précipite dans les escaliers et se retrouve en quelques secondes dans le jardin. Logan disparaît alors par le chemin. Elle voudrait crier, courir, mais son corps reste immobile et sans voix. Puis, ses jambes ne la portant plus, elle s'écroule pour éclater en sanglots. Que faire ? Il n'arrive pas à se libérer, et si elle lui empêche de faire son choix ? Il ne sera jamais libre ? Caroline avale sa salive avec une immense sécheresse interne. Elle reprend ses esprits pour se lever se diriger sur le chemin. En l'arpentant, elle le cherche du regard, mais il est certainement déjà au grand Saule. La marche est lente et mal assurée. Que va-t-elle découvrir là-bas ? Il est peut-être trop tard ? Arrivée en bas, elle le voit. Il est assis à côté de l'arbre, la dague est posée contre son tronc. Elle se rapproche encore pour comprendre qu'il écrit sur son calepin. La nuit est claire, on entend une chouette et des grenouilles. Le bruit de l'eau finit d'accompagner ce tableau où le temps ne passe plus. Logan sort une boîte et l'ouvre pour en sortir une autre boîte. Non ! C'est une urne ! Bien sûr ! Il s'agit de l'urne de son père. Elle reste figée en statut. Des frissons passent au travers de sa chaire. Caroline reste là, impuissante non loin de Logan qui ne l'a pas encore vue.

***

Je garde l'urne dans ma main, la contemple longuement. Mon esprit rationnel me ramène un instant à n'y voir qu'un objet. Ensuite, mon père ressurgit et des images passent, des films de ma vie. Je la repose délicatement et reprends le calepin.

PAPA

« *Tu m'as laissé, tu nous as laissés. J'ai de la haine envers toi, mais je ne peux pas t'oublier. Toi qui étais si fier, tu as choisi la mort. Tu as décidé de nous laisser seuls. Pourquoi je me sens coupable. J'aurais dû t'appeler, j'aurais dû rester dans ta vie. Finalement, c'est bien moi qui t'ai abandonné. Je le sais bien que tu as dû penser à nous avant de le faire. Je t'ai donc amené avec moi et je vais écrire une lettre pour demander à être moi aussi incinéré. Je souhaite que l'on soit dispersé ensemble sur nos terres. Ainsi, nous nous relèverons fièrement au travers des pousses de blé de nos deux enfances.* »

CARO

« *J'ai toujours su écrire. Malheureusement, je suis un piètre orateur, mais tu n'as pas besoin de grands mots pour comprendre. Ne sois pas trop triste, nous n'avons fait qu'un petit bout de chemin ensemble. Tu m'as dit un jour, « la vie est un cadeau ». Même si tu n'acceptes pas mon choix, grâce à toi, j'ai eu le temps de le comprendre. J'ai trop mal, Caro. Aller plus loin ne serait qu'augmenter la souffrance. J'ai voulu me séparer de toi avant d'arriver ici. Je sentais que cette nuit arriverait. Mais quand je te regarde, je ne peux pas le dire. Alors, malgré toi, je t'ai emmené avec moi jusqu'au bout. Excuse-moi de ne pas avoir eu la force de te mettre de côté. Bien que ma vie fut dure, cela restera mon seul regret. Je dois le dire, je t'aime.* »

J'arrête d'écrire et reste hagard. Je pourrais remettre mon geste pour plus tard, la mettre à l'abri, lui dire que je ne l'aime plus, que c'est une erreur. Le doute m'envahit une première fois, puis une seconde qui, cette fois, me fait chanceler. Non, c'est impossible ! Je ne peux pas la quitter ! Je relie mes derniers mots « *je t'aime* ». Je réécris une

113

première fois ces mots puis une deuxième. Je continue encore. « *je t'aime* ». À l'instant, les mots inscrits me dominent. Ces mots me résistent et alors que j'en suis l'auteur, cette lettre me tient tête. Ces mots, que je n'avais jamais écris, viennent, en une seconde, de changer le sens de ma vie. Je pose le stylo. Mon cœur se réchauffe. L'eau s'écoule.

— Caro, en baissant les yeux.

***

Je place soigneusement l'urne dans la boîte et y glisse le carnet. La dague est efficace pour creuser un trou. Je la place et la recouvre avec mes mains. Accroupi, je reste là. Puis tourne mon regard vers le cours d'eau. Caroline court vers moi pour me saisir par le dos de toutes ses forces. Je pose mes mains sur les siennes, n'ayant pas la lucidité d'être surpris. Elle pose sa joue contre mon épaule.

— Tu ne me quitteras jamais.

Je me retourne, lui embrasse les cheveux et l'étreint. Je ne veux plus pleurer et sèche mes dernières larmes. Je la regarde avec passion.

— Jamais !

Nous nous embrassons et on s'allonge sur l'herbe. Le grand Saule laisse percevoir au travers de ses branches la couleur du ciel qui s'éclaircit. Le jour commence à transparaître. Cet instant n'est plus que le bruissement de son feuillage. Je ne pense pas, ne pense plus. Maintenant, je sais, maintenant, je me connais. À jamais, je ne serai plus que l'acteur de moi-même et le serviteur de l'amour de ma vie.

***

Amour, ta flamme est vive !
Tu as consumé ma chair,
pour réanimer mon squelette.

114

De mes bras, tu fis des ailes
J'ai survolé cette forêt âprement traversée.
Le feu se propageant
Brûlant troncs et branches jusqu'aux cimes.
Ils tombèrent morts, effaçant leurs ombres.
Puis l'incendie s'amenuisa jusqu'à devenir braise.
Là ! Un Bonheur !
Je redescendis en planant, puis atterris
Me pencha vers toi,Jeune pousse fleurie.
Tu me tendis la main !
Je la saisis
Tu te dressas en me relevant,
M'enserra, m'embrassa et me fit danser.
Douce musique…
Douce folie…
Oui ! Je le ressens à présent,
Repose encore sur ces cendres,
Mon cœur battant.

Table des matières

www.ingramcontent.com/pod-product-compliance
Lightning Source LLC
Chambersburg PA
CBHW060129260626
47160CB00005B/2056